ARRÊT SUPRÊME

DES

DIEUX DE L'OLYMPE,

EN FAVEUR

DE Mme LA DUCHESSE DE BERRY ET DE SON FILS.

L'OMBRE

DU PRINCE DE BOURBON CONDÉ

(LOUIS-HENRI-JOSEPH),

A SON FILLEUL

LE DUC D'AUMALE D'ORLÉANS

(HENRI-EUGÈNE-PHILIPPE-LOUIS.)

RÉVÉLATIONS, etc., etc.

L'écrivain courageux qui poursuit la puissance,
Affronte ses fureurs, quand il sauve la France.

Ce tout petit livret était annoncé pour le 19 novembre 1832. D'officieux amis m'arrachèrent la promesse d'en ajourner la publication jusqu'au 28 février 1833 : « Assez, me dit l'un d'eux, d'avoir su prévoir la naissance du » duc de Bordeaux, l'héroïsme de son auguste mère, de science certaine : » Mme la duchesse sera sauvée de Blaye. » Je cédai *sans rester convaincue :* aujourd'hui que la France entière élève la voix en faveur de l'illustre captive!... l'auteur qui sut prévoir tant de grandeur, tant d'infortunes, doit reprendre hardiment le stylet, et buriner sur l'airain ses tristes prévisions. Ses ouvrages sont européens ; c'est la glace magique de Luc Gauric, où se réfléchissent les traits de Bonaparte, de Joséphine, des princes d'Espagne, du pape Pie VII, de Bernadotte, etc., etc. Les événemens de 1814, renouvelés en 1815 ; le retour de l'île d'Elbe ; Wellington à Waterloo ; Labedoyère à la plaine de Grenelle ; la chute de Murat ; Alexandre Ier, roi de Pologne ; la famine de 1816 et les troubles politiques, etc. Le crime de Louvel en 1820 ; l'insurrection de la Grèce, celle de Naples ; l'Espagne en révolution. La marine française devait se couvrir de gloire sous le règne de Charles X. (*L'agneau devait courir le danger d'être immolé.*) L'avénement au trône du duc d'Orléans clairement prédit ; soulèvement en Belgique ; l'hôtel du ministre Van-Maanem pillé, brûlé ; Guillaume III chassé de ses états, où III pour I devaient se succéder. Lisbonne devait craindre la fureur des Volcans ; Rome menacée ; troubles en Italie ; la meilleure des républiques en guerre ouverte avec son fondateur ; le procès de Mme la baronne de Feuchère ; les événemens des 5 et 6 juin 1832 ; héroïsme de Jeanne d'Arc ; courageux dévoûment des femmes en faveur de Mme de Berry. *Un indigne renégat devait trahir son maître. Calumnia.* L'Asie devenir la proie d'un certain ambitieux ; événemens de la Turquie..... avant 1840 ; la Russie aura la priorité sur le globe... ; l'Irlande fera schisme, et un peu plus tard Jérusalem ressortira brillante de ses ruines ; le nouveau Salomon sera probablement un M. de Roschild. Il serait impossible de retracer tous les faits accomplis et sur le point de s'accomplir. Uniquement je dirai : compulsez mes ouvrages ; *tout y est prévu, tout y est calculé d'après Martianus.* Le léopard et le doyen des coqs concluront des conditions avec les perroquets, les musèleront encore une fois, mais ne pourront empêcher les traditions de l'ancienne Rome de se perpétuer. Des consuls auront des licteurs ; des faisceaux orneront un char triomphal, et l'un des alliés de Napoléon pourrait bien apparaître avant la venue du Messie, etc., etc. (*Note de l'Auteur.*)

Les Exemplaires qui ne seront point signés par moi, doivent être regardés comme contrefaits, et dans le cas de confiscation.

PARIS. — IMPRIMERIE DE DONDEY-DUPRÉ,
Rue Saint-Louis, N° 46, au Marais.

Vos infortunes vous ont rendue Sublime ! vous êtes l'orgueil de la France, de cette Nation si brave, si généreuse : Cette nation est digne de vous, vous êtes digne d'elle ! si vous avez tout perdu hors l'honneur, en 1832, l'honneur sera sauvé, et avec lui tout le reste, en 1833.

(pages 123 . 124 .)

ARRÊT SUPRÊME

DES

DIEUX DE L'OLYMPE

EN FAVEUR

DE Mme LA DUCHESSE DE BERRY ET DE SON FILS.

L'OMBRE

DU PRINCE DE BOURBON CONDÉ

(LOUIS-HENRI-JOSEPH),

A SON FILLEUL

LE DUC D'AUMALE D'ORLÉANS,

(HENRI EUGÈNE-PHILIPPE-LOUIS.)

RÉVÉLATIONS, etc., etc.

BROCHURE IN-8°, AVEC PORTRAIT.

Par Mlle M.-A. Le Normand,

AUTEUR DES MÉMOIRES HISTORIQUES ET SECRETS DE L'IMPÉRATRICE JOSÉPHINE; DE L'ANGE PROTECTEUR DE LA FRANCE AU TOMBEAU DE LOUIS XVIII; DE L'OMBRE DE CATHERINE II AU TOMBEAU D'ALEXANDRE Ier; DE L'OMBRE DE HENRI IV AU PALAIS D'ORLÉANS; DU PETIT HOMME ROUGE AU CHATEAU DES TUILERIES; LA VÉRITÉ A HOLY-ROOD; DU MANIFESTE DES DIEUX SUR LES AFFAIRES DE FRANCE; APPARITION DE FEUE Mme LA DUCHESSE DOUAIRIÈRE D'ORLÉANS, A SON FILS LOUIS-PHILIPPE Ier, ROI DES FRANÇAIS, etc., etc.

Je meurs assassiné.. peut-être que les dieux
Devaient à mon courage un sort plus glorieux :
De plus nobles combats devaient trancher ma vie;
Je meurs... un joug pesant accable ma patrie.

(ALCIBIADE.)

PARIS.

Mlle LE NORMAND, ÉDITEUR-LIBRAIRE, RUE DE TOURNON, N° 5,
Faubourg Saint-Germain,

DONDEY-DUPRÉ PÈRE ET FILS, IMPRIM.-LIBR.,
Rue St.-Louis, n° 46, au Marais,

Et rue Richelieu, N° 47 *bis*, maison du Notaire;

ET CHEZ LES PRINCIPAUX LIBRAIRES DE LA CAPITALE ET DE L'ÉTRANGER.

28 février 1833.

OUVRAGES

De Mlle Le Normand, rue de Tournon, N° 5, faubourg Saint-Germain, à Paris.

Souvenirs prophétiques d'une Sibylle (les), in-8°, avec gravure. Paris, 1814.. 7 fr. 50 c.

Anniversaire de la mort de l'impératrice Josephine (l'), brochure in-8°, 29 mai, Paris, 1815.. 1 fr. 50 c.

Sibylle au tombeau de Louis XVI (la), brochure in-8°. Paris, 21 janvier 1816.. 2 fr.

Oracles sibyllins (les), in-8°, 4 gravures. Paris, 1817......... 7 fr. 50 c.

Congrès d'Aix-la-Chapelle, etc. (le), in-8°, 7 grav. Paris, 1819..... 6 fr.

Souvenirs de la Belgique, ou le Procès mémorable, in-8°, avec portrait. Paris, 1822.. 6 fr.

Ange protecteur de la France au tombeau de Louis XVIII (l'), brochure in-8°. Paris, octobre 1824.. 2 fr. 25 c.

Ombre de Catherine II au tombeau d'Alexandre Ier (l'), brochure in-8°, avec portrait. Paris, 1er février 1826.. 3 fr.

Mémoires historiques et secrets de l'impératrice Josephine (Marie-Rose Tascher de la Pagerie), première épouse de Napoléon Bonaparte (les), 3 vol. in-8°, avec 8 gravures, portrait, *fac simile*, deuxième édition. Paris, novembre 1828.. 24 fr.

Ombre de Henri IV au palais d'Orléans (l'), brochure in-8°. Paris, 1er janvier 1831.. 3 fr.

Petit Homme rouge au château des Tuileries, la Vérité à Holy-Rood (le), brochure in-8°. Paris, 1er juillet 1831.. 3 fr.

Manifeste des Dieux sur les affaires de France, apparition de S. A. R. feue Mme la duchesse douairière d'Orléans, à son fils Louis-Philippe Ier, roi des Français; brochure in-8°, avec gravure. Paris, 21 Janvier 1832, etc., etc.. 3 fr.

SOUS PRESSE :

LES MYSTÈRES DE BLAYE, JEANNE D'ARC AU LOUVRE, Horoscope de Mme la duchesse de Berry et de son fils, dédié aux Français.

LA SIBYLLE A LONDRES, in-8°, avec gravures.

LOUISE WILHELMINE DE PRUSSE, ou les Infortunes d'une grande Reine, 2 vol. in-8°, 4 grav., portrait, *fac simile*.

ANECDOTES HISTORIQUES, POLITIQUES, etc., sur la reine d'Angleterre (Caroline-Amélie-Élisabeth de Brunswick), particularités secrètes sur la princesse Caroline d'Angleterre, première épouse de S. A. R. le prince de Saxe-Cobourg (Léopold), 2 vol. in-8°, 3 grav.

MÉMOIRES HISTORIQUES, POLITIQUES, SOUVENIRS, CONFESSIONS, CORRESPONDANCES SECRÈTES, etc., etc., de Mlle M.-A. Le Normand, 10 vol. in-8°, 24 gravures.

LE

CRI DE L'HONNEUR,

AUX PAIRS DU ROYAUME,

AUX DÉPUTÉS DES DÉPARTEMENS.

Son courage surmonte une crainte vulgaire.

MESSIEURS,

Permettez-moi de publier sous vos auspices ce faible *et très-faible opuscule.* C'est à votre haute sagesse que je confie l'avenir de la France ; le reste est puisé dans la révélation. Le noble et brûlant enthousiasme qu'inspirent à une nation, le courage et le malheur de Mme la duchesse de Berry, ne vous laissera pas flotter dans une pénible incertitude ; vous arriverez à la partie la plus imposante de votre *honorable mission* (ici toutes les opinions se mêlent et se confondent), pour justifier la mère de l'héritier d'un trône : vous remplirez à-la-fois un devoir doux et sacré envers sa famille. *Le palais de l'exil a ses échos comme celui d'Orléans.* Cette accusation célèbre sera un glorieux épisode dans les annales de la monarchie, et d'un grand poids dans la balance politique de l'Europe. Le cadre dans lequel des hommes pleins d'honneur sauront enlacer quelques festons, quelques souvenirs de gloire au nom de Caroline de Bourbon, rappelleront les beaux jours de nos anciens états. Les infortunes (non méritées) de la veuve du Germanicus français, ont inspiré à l'auteur de cet ouvrage un chapitre allégorique, où il se sert du langage des dieux *pour frapper les mortels*. Le champ de l'espoir pour la royale prisonnière est encore plus vaste que celui de la terreur ; aussi, votre sûreté et votre prudence se concilieront avec les mesures *de rigueur* invoquées par le gouvernement. Vous en calculerez les chances, et vous vous garderez bien de servir l'ambition couronnée! Le suffrage et le concours des sommités du pouvoir, leur éloquence insidieuse, ne sauraient faire triompher, dans le sanctuaire des lois, l'imposture et l'injustice. Vous êtes sous les armes, Pairs du royaume, et vous Députés des départemens. Venez tous combattre l'ignorance de l'esprit, les passions du cœur, la diversité des sentimens et la discorde qui règne en souveraine au sein de la patrie. Voilà les ennemis qu'il vous faut vaincre, qu'il vous faut terrasser. Ce qui est fait jusqu'ici n'est qu'un essai, un commencement, un miroir pour vous avertir de ce que les vainqueurs de leur illustre captive n'oseront vous répéter. *Ils oseront tout*, messieurs, si vous ne la couvrez du bouclier d'Achille! si vos lumières étaient moins pures, je vous tiendrais un autre langage, je vous parlerais au nom de mon sexe, et vous dirais : Tout vous impose le devoir de flétrir un acte politique *motivé par la peur*. La petite-fille de Henri IV ne peut être jugée : « Philippe de Macédoine assembla le conseil des Amphictyons pour régler la peine des auteurs de la guerre Sacrée. » Un autre Philippe viendrait-il vous demander un décret d'Ostracisme? Méprisez Démate avec ses richesses, Démosthène se laissant corrompre par Harpalus à la vue de la coupe d'or d'Alexandre. (*On se repent tôt ou tard d'avoir servi une révolution.*) Phocion but la ciguë, après avoir commandé durant vingt ans les Athéniens... Un tel exemple ne saurait être perdu pour des législateurs! Vous réfléchirez, messieurs, que dans des tems de troubles politiques, un Poliysperchon peut se rencontrer au pouvoir. Il est dangereux d'être jugé par le peuple. De grands devoirs vous sont imposés par l'ordonnance du 8 novembre 1832. L'arrêt que vous saurez porter vengera celle qui force l'admiration et qui commande le respect. C'est moins pour l'honneur de la France que pour en imposer aux Français, que le ministère actuel caresse l'opinion, et feint de se montrer généreux. La résistance inflexible de la seconde Marie-Thérèse aux vœux du palais des Tuileries, servira de prétexte pour colorer les plus graves excès! Ils seront tels, ils iront si loin, que vous, Pairs du royaume, vous Députés des départemens, vous tremblerez sur vos chaires curules. *On veut régner souverainement.* C'était le point où l'on voulait parvenir! Aujourd'hui que Mme la duchesse de Berry est dans les fers, on feint de ne rien redouter... Ce qui se passe sous nos yeux doit avoir avant peu un *double résultat.*

Votre dévoûment courageux à la Charte de 1830 votre zèle pour la justice, relèveront les espérancecs abattues; votre pénétration triomphera de la ruse; vous demanderez enfin à cette royauté de juillet, ce qu'est devenue cette chère liberté depuis l'avénement au trône du fils de celui dont le nom n'efface pas l'histoire.

Si la race des Narcisses n'est point éteinte, qu'on renvoie l'illustre accusée devant une cour d'assise, je le déclare hautement, *c'est un appel à César de pardonner à Cinna!* La princesse rougirait d'être l'obligée de S. M. citoyenne. Elle ne pourrait que répondre comme Scipion aux Romains : « *Français, j'ai voulu vous préserver, je vous ai garantis jusqu'ici de l'invasion étrangère! allons » en rendre grâces aux dieux!!!* »

Si un pouvoir temporaire osait traduire devant la tribune aux harangues la femme courageuse, la femme sublime, ce serait à la juridiction suprême des Pairs *nés* du royaume, à prononcer... L'auguste mère de Henri V apparaîtrait au palais de Médicis, avec la force, la dignité qui la caractérisent. C'est Mérope voulant sauver Égiste du fer de Poliphonte! c'est la veuve de Germanicus, brisant la coupe qui contient le poison. La main de la Providence vous garantira de vous précipiter dans l'abîme. Ne vous y trompez pas, législateurs! on vient de vous placer sur le cratère d'un volcan. Heureusement vous vous direz : *Tout peut changer de face en un instant, et l'Éternel tourner l'indignation générale contre les oppresseurs.* Retenez bien, que la royale captive est la seule barrière capable d'arrêter les foudres européennes. Que sa conquête ouvre la porte du temple de Janus, que sa liberté la ferme. Par pudeur, non par crainte, je jette un voile sur les intentions d'un roi citoyen (quoique Bourbon). Ce n'est point sa faveur que viendra réclamer la veuve infortunée du duc de Berry ; encore moins une grâce au pied de l'échafaud de Louis XVI. Non, Pairs du royaume; non, Députés des départemens, son noble cœur à besoin de parler aux sujets de son fils! De quel droit voudrait-on la faire passer sous les fourches Caudines d'un pouvoir *méconnu*... On redoute son grand caractère, on voudrait la déshonorer! Tremblez, vous tous, Carbonari, au milieu de vos songes! L'épée de Damoclès restera suspendue sur vos têtes altières. Le prix de la trahison ne saurait profiter. Du sang, toujours du sang! Eh! fange humaine! craignez de le répandre ce sang, il retomberait sur vous, sur vos enfans, sur vos neveux. Vous redoutez l'éloquence persuasive de la prisonnière de Blaye, de cette héroïne, douée d'un vouloir positif,

Et si fractus illabatur orbis impavidum ferient ruinæ (1),

et incapable de laisser traîner la France à la queue de l'Europe. Vous avez raison, la nièce de la reine Amélie, n'est point du parti qui ploie le genou devant l'étranger! Le jour où Mme la duchesse de Berry se montrerait *au Forum*, les souvenirs les plus touchans se rattacheraient à sa haute infortune! *La voix du peuple est la voix de Dieu; le signe de l'avenir serait sur le front de Jeanne d'Arc!* et l'admiration au fond des cœurs. Ceux qui l'accusent seraient accusés; ceux qui la persécutent seraient persécutés, et peut-être encore plus!... L'exaltation publique serait au comble! Philippistes, napoléonistes, républicains, tous, tous, se diraient : *Caroline, la fille de nos rois, aura la conscience de tenir les promesses faites au nom de l'honneur*. Vous mêmes, mes-

(1) Et si l'univers s'écroulait en ruines, ces ruines elles-mêmes ne l'épouvanteraient pas.

sieurs, pourriez vous reculer alors les bornes de vos pensées? non! assurément, non! L'élan serait universel. La France, la véritable France applaudirait... et c'est ce que les trembleurs sembleraient craindre, et voudraient éviter (1).

La situation de l'auguste Princesse au fort de Blaye, offre un caractère de gravité qui ressemble à l'outrage. Venez, nobles Pairs du royaume, et vous, Députés des départemens, venez la soustraire aux vexations des geoliers d'une prison d'état, et l'arracher au poignard d'un Louvel... soyez grands, soyez généreux, soyez dignes enfin de représenter la *suprême* nation! Les Romains se contentèrent d'exiler la famille de Tarquin, *mais non de l'humilier!* pourtant il existait un coupable... En France, *le courage est une puissance!* le dévoûment sublime de l'auguste mère de Henri V ne peut former la base d'une accusation capitale; vous ne pouvez, messieurs, vous ériger en cour de justice; s'il en etait ainsi, vous donneriez à l'Europe le scandale *d'une Convention renouvelée!*

Vous tous, amis fidèles et serviteurs dévoués, vous tous, *Fabius*, qui, dans nos jours de paix et de prospérité, viviez de souvenirs... imitez *Thrasybule.* Vous tous, admirateurs de la conduite de la nièce de Marie-Antoinette au 13 février 1820; vous tous, écrivains judicieux, hommes à grande résolution, entrez en lice et livrez le combat. *Hortensius* de tribune, harangueurs populaires, mettez le feu aux poudres! pulvérisez les ennemis de la royale captive! Vous, célébrités du barreau, de ce barreau si riche en souvenirs qu'il serait impossible de les retracer tous, élevez-vous jusqu'au sublime! votre rôle est facile à remplir. Pénétrez de gré *ou de force* au fond du cachot qui recèle une femme plus forte que l'adversité. Foudroyez avec le charme, l'éloquence

---

(1) Les ministres (*d'une dictature semi-royale*) déclarent être en droit de détenir par mesure de sûreté publique, Marie-Caroline de Bourbon :

« La terreur a troublé leurs esprits...... *je crains pour eux l'excès du zèle* » *qui les guide.* » (*Note de l'Auteur.*)

de Cicéron (*de Cicéron plaidant pour Muréna*), cette lâche intrigue qui veille autour des remparts d'un vieux fort. La défense d'une héroïne, grande, noble et admirable dans les champs de la Vendée, aura pour tous les cœurs généreux un charme irrésistible, et attirera vers les tableaux que vous tracerez ; ces tableaux seront animés, ils seront peints avec le pinceau de la fidélité : leur ressemblance les rendra dignes de l'admiration générale. Le rôle d'accusateur pour un acte de courageuse ardeur ne saurait être applaudi. Vos consciences demeureront inflexibles devant la faveur, devant la menace. Ce n'est pas sur un album de cour que l'aréopage d'Athènes eût gravé ses arrêts ; non, certes ! Faites éclater votre indignation sur l'horrible traitement que l'on fait subir à celle dont on accueillit l'arrivée avec tant d'allégresse, avec tant d'enthousiasme ! Interrogez la France entière sur le sort de Mme la duchesse de Berrry, elle vous répondra : « La terreur de la puissance peut étouffer pendant quelque tems la voix publique, et » lui imposer un silence forcé ; mais, plus elle a été contrainte, » plus elle éclatera librement en plaintes et en reproches, et finira » par couvrir de honte et d'opprobre les dangereux conseillers » qui voudraient imposer à l'auguste veuve le sacrifice de sa liberté *comme raison d'état*. L'infamie de ceux qui se prononceraient pour complaire au pouvoir, serait éternelle ! leur mémoire » serait en exécration à tous les siècles, et l'histoire ne parlerait » d'eux que pour rendre leurs noms odieux, et pour faire détester leur crime. » Ici je m'arrête : le tems seul peut assurer à la prospérité passée, la palme du triomphe de l'avenir ? De même, la douleur de ces autres Bourbons est trop forte pour être calmée par des moyens aussi doux que ceux administrés à l'étrangère, se parant des dépouilles d'un autre Marc-Antoine.

Oncle de Caroline de France (oncle de la *Prisonnière de Blaye*), Philippe Ier, mettez notre amour à l'épreuve d'une rançon, ou venez prouver à cette nation sensible et généreuse que la bourse de Judas ne fut point remplie de vos deniers, que le misérable le méprisable Deutz ne fut point stimulé, salarié par votre ordre, ni présenté au plus grand comédien du royaume. Vous seriez digne alors.....

Quoi donc! ne serait-il plus de Français capables d'action de dévoûment au sein de nos assemblées délibérantes? M. de Dreux-Brézé nous prouve le contraire: les colères, les vengeances, les servilités, n'ont pu épouvanter un *Fitz-James*, un *Hyde-de-Neuville*, un *Châteaubriand*, un *de Conny*, un *Sosthène de La Rochefoucauld*, un *Berryer*, un *Hennequin*, un *Odilon-Barrot*, etc, qui récemment encore vint arracher à l'échafaud des victimes offertes à la sûreté du pouvoir.

Quant à vous, Pairs du royaume, Députés des départemens, gardez-vous (dans l'intérêt même de la Charte) d'applaudir à cette pénalité préventive. Le pouvoir de juillet ose vous demander la juridiction des tribunaux militaires, le rétablissement de l'exil par lettre-de-cachet; la dictature enfin? Où en sommes-nous, grands dieux! où allons-nous, messieurs! ouvrir la pente rapide de la loi des suspects, de l'émigration, des rigueurs salutaires, etc., etc., etc., etc., etc. *Vous l'avez entendu!* Pauvre France! *pauvre Roi!* le but avoué par vos ennemis serait bientôt atteint, si les conclusions de M. le Garde-des-Sceaux pouvaient être adoptées.

Là se bornent toutes mes réflexions. Mon sexe redoute l'arbitraire et *l'interrègne des lois*. Mon sexe gémit de voir dans les fers le courage aux prises avec le malheur, une illustre captive qu'aucun revers ne peut atteindre, les femmes, par leur dévoûment à la plus glorieuse des causes, voudraient pouvoir soustraire au regard meurtrier du basilic Mme la duchesse de Berry. Si vous ne renversez l'échafaud dressé pour l'héritière de Louis XIV, cet échafaud viendra réclamer des têtes, celles de vos mères, de vos épouses, de vos amis, sans épargner les vôtres. Messieurs, *en traçant ces lignes je sens tout mon corps tressaillir.* Tous les coups que l'on porte au cœur de la bonne Duchesse retentissent dans les nôtres, et nous vous reprochons de n'avoir rien fait pour sa délivrance. C'est tout un héroïsme si vous donnez une larme à la reconnaissance, à l'amour maternel; mais ce n'est point assez : il faut sentir avec douleur les maux de la patrie.

Pairs du royaume, Députés des départemens, écoutez ce dernier cri de l'honneur! Sauvez la liberté française; sur vous reposent toutes nos destinées... Confondez Néron, si Néron pouvait renaître et venir demander au sénat gaulois le sang de Britannicus (pour cimenter son trône), la tête d'une mère et celle de son fils!

On ne sauve jamais un état par un crime,
On attire sur soi la colère des dieux.

J'ai l'honneur d'être avec un très-profond respect,

Messieurs,

Votre très-humble et très-obéissante servante.

M.-A. LE NORMAND.

IL N'EST PLUS

LE PRINCE DE CONDÉ,

ET PAR SA MORT

IL A LÉGUÉ A LA FRANCE UN REGRET ÉTERNEL !

Et ce n'est pas en vain que son ombre en courroux
Nous aura révélé ce qu'elle attend de nous.

Déplorable victime d'un effroyable attentat, vous qui n'avez cessé de marcher sur les traces de vos illustres aïeux, Condé ! vous n'avez point abandonné vos amis dans l'exil ; rentré dans votre patrie, vous avez secouru la veuve et l'orphelin ; vous vous êtes montré aussi généreux défenseur des lois du royaume que du nom de Bourbon ; vous avez prouvé d'une manière admirable aux Français que le descendant du vainqueur de Rocroi eût toujours été digne de commander la victoire, si la victoire eût pu déserter de leurs rangs. Turenne mourut de la mort des braves et n'eut pour suaire que son drapeau. L'héritier du Navarrois n'a rencontré qu'un Séïde : il se nomme, il s'élance, il frappe!...

Quel lâche assassinat a souillé la victoire!

De ce haut point de grandeur et de puissance déchue, sensible au coup funeste qui avait renversé Charles X et ses fils, le prince infortuné eût-il perdu le courage et l'espérance, en voyant la branche d'Orléans recueillir les riches débris du naufrage de la maison royale... A-t-il renoncé de lui-même à la vie ? s'en est-il délivré par un supplice infâme ? Non! Louis-Henri-Joseph de Bourbon-Condé a trouvé des bourreaux; ils ont tourné contre lui leurs armes régicides.

Je ne répandrai point le merveilleux pour défigurer toutes les circonstances, toutes les teintes historiques. Uniquement je dirai : Si les coupables consultaient l'oracle pour savoir quelles seront les suites de leur crime, et de quelle manière il faudrait s'y prendre pour en imposer jusqu'à la fin, on leur répondrait : Votre sort sera bientôt décidé; la loi du talion vous sera sévèrement appliquée..... D'ici à cette époque, rarement vous sortirez de ces agitations extraordinaires, regardées comme les avant-coureurs des plus grandes infortunes. Vos imaginations, échauffées et noircies par de lugubres souvenirs, croiront entendre retentir la voix des furies vengeresses. Dans quel abîme vous êtes-vous précipités!...Si la prospérité vous aveugle assez pour mépriser les menaces; *si les chants mélodieux de la sirène ont suffi pour réveiller amoureusement le requin, et l'ont porté au dernier acte de la voracité*..... ô! qui que tu sois, relève ton ame abattue: la mémoire du malheureux Condé est encore récente. La preuve des violences, des cruautés exercées sur sa personne est convaincante; aussi la puissance divine dirigera le glaive levé contre ses assassins. Si l'attentat n'est puni que par les douces influences du soleil de la cour, on connaît la vérité, et la vérité vient de se montrer sans voile; elle relève l'éclat de ses actions immortelles. C'est à ce titre qu'on voit, qu'on reconnaît en lui le modèle des vieux guerriers français. Qui ne serait ému aux cris de la victime:

Je meurs assassiné..... Peut-être que les dieux
Devaient à mon courage un sort plus glorieux:
De plus nobles combats devaient trancher ma vie.
Je meurs..... un joug pesant accable ma patrie.

(ALCIBIADE.)

La devise sur le tombeau du prince de Condé devrait être :

C'est ainsi que Priam fut trompé par Sinon,
Et périr par la fourbe est le sort d'Ilion.

ARRÊT SUPRÊME

DES

DIEUX DE L'OLYMPE,

EN FAVEUR

DE Mme LA DUCHESSE DE BERRY ET DE SON FILS.

LA FRANCE EN DEUIL.

Sort affreux des états en proie aux factions !
Chacune a ses projets et ses opinions ;
Et soit que le destin les élève ou les brise,
De l'intérêt public chacune s'autorise,
Égorge, au nom du peuple, un parti détrôné,
Ou poursuit dans sa gloire un parti couronné ;
Et de tous ces discords dont le peuple est victime,
L'étranger seul profite et nous en fait un crime.

SIAGRIUS.

Je vais me prononcer très-clairement ; et pour ne pas m'entendre, il faut être sourd et inepte.

Oui, je justifierai l'estime dont mes honorables adeptes m'ont environnée depuis 1794 ; il me suffira de paraître telle que je suis, telle que j'ai été, telle que je serai toujours.

. . . .

. . . .

Retirée depuis les sanglantes journées de Juin 1832,

dans une profonde solitude, où je m'étais condamnée à l'inaction la plus absolue, mes impressions étaient plus vives, plus profondes et plus durables. Lutèce réclamait ma présence, et mes amis ne pouvaient concevoir les raisons qui me faisaient hésiter. Hélas! hélas! je pleurais sur la France; je plaignais les hommes qui tramaient dans l'ombre de perfides desseins; je plaignais les hommes obligés par la nécessité à exécuter de semblables ordres. Je n'avais que trop prévu les malheurs qui devaient arriver dans la reine des cités... (1) Ma main tremble en écrivant ces lignes, et je voudrais m'empêcher de penser.....

L'attachement que les héros de la grande semaine avaient montré pour le bien public, s'était tourné en faveur de leur intérêt particulier; ils ne songeaient pas moins que les vainqueurs de la Bastille à s'élever; l'ambition les fit penser comme eux: ils acceptèrent d'autant plus volontiers Louis-Philippe d'Orléans pour maître, qu'ils espéraient le tromper par leurs promesses

(1) Quoi! déjà la fureur des partis s'agite au milieu de vous! on s'arme de poignards, on désigne les victimes!... arrêtez-vous, oh! malheureux Français, arrêtez-vous! Ce sont vos frères! oh! gardez-vous de vouloir les frapper.... Honte et remords à tout excitant la vengeance populaire! honneur et bonheur à tous ceux qui l'auraient désarmée. Hélas! hélas(*)! craignez de laisser errer votre imagination sur des images riantes!...A la vérité le brillant Périclès français(**) peut encore commander!!! En revanche: *Vocat labor ultimus omnes*. *Ou sinon?* L'ombre de Washington(***) apparaîtra de nouveau dans les Gaules. (*Ombre de Henri IV au Palais d'Orléans*, p. 61.)

(*) Journées des 5 et 6 juin 1832.

(**) Louis-Philippe Ier.

(***) M. le général Lafayette.

fallacieuses, et se procurer par son aide un levier puissant pour soulever les masses, et les porter à reconnaître pour divinité tutélaire la *licentia couronnée d'un laurier :*

Usu peritus haziolo velocior (1).

L'exécution des desseins du marquis de Bricqueville souffrait encore quelques difficultés : on osait rêver, dans les premiers jours d'avril 1832, que le roi citoyen ne voudrait pas confirmer la grande œuvre de la révolte, et se croirait déshonoré d'apposer sa sanction solennelle à l'acte régicide : malgré la sincérité qui lui était supposée pour sa famille, il crut devoir signer le bannissement de la branche aînée des Bourbons, pour s'assurer l'usufruit paisible de la puissance qui lui était dévolue.

Dévorant par ses espérances et par ses désirs la succession plénière de Louis XIV, comme une récompense de sa bravoure à *Jemmapes* et à *Valmy*, il accepta l'honneur qu'on lui fit de courir au péril pour le bien de l'état.

Quoique ses innombrables amis parussent déférer à ses ordres, on voyait cependant qu'ils regardaient comme une vérité que si l'on eût proclamé Henri V au 3 août 1830, la France serait en gloire et en prospérité..... au lieu de se voir réduite à périr d'impuissance, etc., etc.

Et pourtant Louis-Philippe Ier avait franchi les ob-

---

(1) L'homme qui a de l'expérience en sait plus que tous les devins.

stacles qu'il avait rencontrés sur son chemin, remporté une victoire au 13 mars 1831, une autre à Lyon, ainsi qu'à Grenoble, Marseille, etc., etc., et mérité dès-lors les éloges de ceux de son parti, leur estime, leur amitié, leur confiance, en annonçant la résolution où il était d'adopter la loi Bricqueville plutôt que de sacrifier au culte du mlaheur :

Res est sacra miser (1).

Aucune nécessité de position, aucun sentiment de crainte ne pouvaient forcer le fils de celui que la reine Marie-Antoinette chassa par un regard du palais des Tuileries, à rendre exécutoire l'arrêt de condamnation de sa propre famille..... Tandis que la France entière croyait fonder de légitimes espérances et s'appuyait sur le triomphe des vrais principes, quelques vieux politiques ne ressentaient sur ce qui devait se passer que de noirs pressentimens (2). Au sein du chaos des passions qui s'agitaient, ils ne fondaient aucune confiance

---

(1) Un malheureux est une chose sacrée.

(2) Marguerite de Valois, première épouse de Henri IV, rapporte dans ses Mémoires.

Elle parle de sa mère Catherine de Médicis, avec un respect qui se ressent de la terreur. Elle paraît très-naïvement persuadée qu'il n'arriva jamais à la reine sa mère aucun événement qui ne lui eût été prédit, ou qu'elle n'eût vu en songe. Elle-même prétend avoir été honorée de plusieurs avertissemens divins. Voici ses expressions :

« De ces divins avertissemens je ne veux être estimée digne ; toutefois, pour » ne me faire comme ingrate des grâces que j'ai reçues de Dieu, que je veux et » dois conserver toute ma vie, pour lui en rendre grâce. Que chacun le loue » aux merveilles des effets de sa puissance, bonté, miséricorde, qui lui a » plu faire en moi. J'avouerai n'avoir jamais été proche de quelques signalés

sur la sincérité du Palais-Royal : c'était moins à faire qu'à prévoir, à commander qu'à conduire, qu'il convenait de s'attacher ; le tems seul peut déverser le blâme ou décerner la louange.

Dois-je, pour justifier cette révolution, peindre d'un trait hardi, mais fidèle, un tableau monstrueux, où les dépositaires du pouvoir sont dessinés sous des draperies légères, où leurs actes sont oubliés ? Non ! il est nécessaire de les placer sur le véritable terrain qui leur est propre. S'ils prétendent à l'immense héritage de l'avenir, c'est la vertu, c'est la honte pour les plus vils et les plus audacieux.

Dans tous les cas, cette mesure de bannissement des Bourbons, était-elle d'une importance assez grande pour qu'on en fît un crime à sa majesté citoyenne..... Si elle eût évité cette tache à sa postérité, peut-être en eût-elle imposé à l'opposition révolutionnaire toujours rangée en ordre de bataille... O France ! ma chère France ! au moment, non de l'apparition, mais du développement progressif de l'affreux choléra, menaçant de tarir les sources de la fortune, celles de la vie de tes enfans, où la capitale retraçait l'effrayant tableau de la peste de Marseille, où les peuples, courbés sous le joug du fléau qui les dévorait, élevaient un concert de voix vers l'Éternel, et offraient un point d'appui au gouvernement pour ranimer la concorde,

---

» accidens, ou sinistres ou heureux, que je n'aie eu quelque avertissement
» ou en songe ou autrement, et puis bien dire ce vers :

« De mon bien, de mon mal mon esprit est oracle. »

la bienfaisance, et repousser l'alliance régicide... La politique de juillet eût pu recueillir d'immenses avantages. Si en présence de la misère publique, de l'état désespéré d'une maladie toujours croissante, et résistant aux remèdes les plus violens, la royauté citoyenne eût imité la piété de nos rois, au lieu de les proscrire! La preuve la plus incontestable qu'on ne voulait rien concéder aux maux présens, c'est le retour aux affections de la veille. L'adoption d'une loi (renouvelée de 1793), à l'instant même de la crise fatale (1), prouve que le successeur d'une monarchie de quatorze siècles, fidèle aux traditions de l'ennemi de la branche aînée des Bourbons, présentait l'affligeant exemple de finir, sans opposition comme sans remords pour le bien de sa cause, ce qu'il avait si audacieusement commencé.

---

(1) Plusieurs personnes observèrent que, le 10 avril 1832, l'effroi fut à son comble dans la capitale. On faisait seulement un geste d'une triste résignation, quand à chaque instant on venait d'apprendre la perte d'un parent, celle d'un ami; enfin, tout était dans l'abattement, dans une immobilité sépulcrale. L'aspect des victimes du fléau dévastateur, oppressait, affligeait; on ne pouvait faire un pas sans heurter le char mortuaire. Une sombre taciturnité régnait dans toutes les familles. L'orfraie seule veillait sur les tombeaux. Dans ces jours de lugubre mémoire, un stylet impassible, dirigé par la main d'un Bourbon, signa l'arrêt de cet autre Bourbon. La France entière fit entendre un cri d'indignation. Les superstitieux se signèrent, les politiques prévirent un ouragan, et les plus modérés demeurèrent d'accord : *qu'il ne devait plus avoir d'ennemis après la victoire, mais seulement des hommes*..... Charles X et ses fils, maîtres, en 1830, du plus beau trône du monde, occupent à peine aujourd'hui quelques pieds sur un sol étranger :

Ah! contre ton arrêt un recours t'est resté,
Et par la nation le sien sera dicté.

ARTHUR DE BRETAGNE.

C'est dans ce sens que je discutais les prérogatives d'omnipotence et de suprématie que la maison d'Orléans prétend s'arroger sur les descendans directs de Louis XIV. Je m'indignais avec une indépendante fermeté, avec un zèle vraiment français. Je ne cessai d'avoir sous les yeux pendant plusieurs heures le chef-d'œuvre de l'ignominie, et de critiquer ouvertement un acte de démence (1). Quoi donc! me disais-je (car j'aime à me parler, et je crains les disputes); c'est de l'arbitraire, c'est de l'injustice et peut-être encore plus! *La France est en deuil!* qu'il se taise cet homme qu'il s'humilie devant l'Éternel, ou sinon : *sequitur superbos ultor a tergo Deus* (2). Telles étaient les clameurs qui s'élevaient vers les quatre vents du ciel, et le peuple disait : « La couronne de France passera-t-elle » à sa postérité, et conservera-t-il lui-même la puissance » d'opinion qu'avait le malheureux Louis XVI?

» Enfin, sa politique vague, molle, mouvante, en » imposera-t-elle aux cabinets européens? Non, il s'enfonce dans le dédale des protocoles. Loin de s'arrêter » à l'aspect des humiliations, il touche au fond, au » terme *où tout doit être décidé*. Comment songer de » sang-froid à la situation critique dans laquelle se » trouve la monarchie. La présence de l'étranger sur » nos frontières répand du refroidissement sur l'atmosphère de juillet. Allons-nous ouvrir nos ports » aux Anglais, et leur offrir Anvers? Demanderons-

(1) Voir le *Moniteur* du 10 avril 1832.

(2) Un Dieu vengeur s'attache aux pas de l'orgueil.

» nous à attaquer une coalition formidable? Une si » grande attente doit épuiser nos ressources. La mi- » sère publique s'étend dans tous les rangs; une fièvre » d'irritation dévore tous les partis : levons-nous! » appelons les vieux débris de nos braves... et qu'ils » se hâtent de réveiller les souvenirs de nos anciens » beaux jours! »

Je ne veux point élever de querelles avec qui que ce soit au monde, et pourtant je tentai d'apaiser le murmure populaire, et de rappeler le respect envers la royauté mi-partie. Je ne fus point entendue. La multitude lançait des projectiles, des cailloux; je finis par craindre l'auréole des pavés, et d'après l'avis de la *mouche tricolore*, que le signal de l'attaque était déjà donné, que des Français viendraient écraser d'autres Français, je me hâtai de me diriger vers mon observatoire : c'est l'asile qui me convient au jour de l'affliction. *Patria! patria!* serais-tu réservée à voir dans tes remparts des traces de vengeances?.... hélas! oui!

Facit indignatio versum (1).

J'écouterai ce que l'Éternel me dira au fond du cœur, et me mettrai fort peu en peine d'être jugée au tribunal des hommes (2), et d'encourir le dangereux honneur d'une accusation publique(3). Est-ce là conspirer? Non, assurément non! Uniquement je laisse exhaler le

---

(1) C'est l'indignation qui a produit cet outrage.

(2) Qui êtes vous pour craindre un homme mortel? Il est aujourd'hui, et demain il ne paraît plus. Js. Js. 12.

(3) Si j'étais blâmée pour avoir fait cet ouvrage, la nécessité de la défense

cri de ma conscience, celui de la France : gloire et prospérité! L'anachie me répond :

> Vain espoir ! malgré lui coupable et couronné,
> Sur un trône flétri je le tiens enchaîné (1).

---

m'entraînerait peut-être trop loin. Je craindrais d'être indiscrète, surtout en publiant certains faits qui m'ont été révélés.

(*Note de l'Auteur.*)

(1) *Le Maire du Palais*, acte V, scène v.

JE SUIS SOMNAMBULE.

PAS UN TRAIT DE CE TABLEAU QUI NE SOIT UNE VÉRITÉ.

Je connais mon devoir, et je cours l'accomplir.

Au milieu des rêves qui m'occupèrent la nuit du 26 au 27 août 1832 (1), j'entends une voix qui me dit : « Personne n'est excusable de manquer de courage ; la » lâcheté doit être punie ; la persévérance seule a droit » à la récompense qui doit être le partage de l'ami sin» cère de son gouvernement. »

L'aurore de ce jour était belle, étoilée ; Vénus, par son éclat sur un ciel pur, me parut un nouvel astre ; une teinte rougeâtre embrase l'horizon, et le soleil sortit de l'extrémité des bois de Chantilly, dans toute sa force et sans obstacle, pour venir colorer les côteaux de Saint-Prix, Soisy, Aubonne, Deuil, Enghien, etc. Une température délicieuse régnait dans l'atmosphère ; les rayons dorés du roi des astres répandaient la chaleur avec leur vive lumière : on eût cru se trouver transporté au sein des richesses de la belle *Ausonie*. J'errais au milieu de domaines fertiles, parcourant de riches vignobles : je m'égarais dans des bois touffus ; la beauté des sites qui m'environnaient, et le parfum des fleurs que

(1) L'anniversaire de la mort du prince de Condé.

je respirais, m'avaient insensiblement arrachée à mes réflexions; je contemplais le ciel avec ravissement, et marchais lentement sous des dômes de feuillage. Je m'arrêtai sur les rives de l'étang de Saint-Gratien, et visitai le parc : une grande variété d'arbrisseaux présente des paysages qui se dessinent d'eux-mêmes et s'offrent à la vue sous l'aspect le plus animé. Je promène mes regards autour de moi; j'embrasse la longue chaîne des lieux que j'ai traversés : de majestueux peupliers du nord dérobent à mes regards, pour un instant, la perspective de l'immense forêt de Chantilly, et les pittoresques bosquets du riant Montmorency.

En me rapprochant de la dernière demeure du dernier des Condés, je ne pus me défendre d'un mouvement intuitif; mes pensées se reportèrent naturellement sur cette reine Hortense, sur cette bonne et intéressante Joséphine, sur ces souverains étrangers se faisant présenter à cette famille délaissée et la visitant, non comme de simples témoins de sa grandeur passée, mais comme juges *des juges qui l'avaient condamnée :* je les ai vus attentifs, et s'intéresser avec émotion de cœur à ces princesses, pour qui la fortune devint si contraire. L'une et l'autre n'étaient point regardées par eux comme une conquête, uniquement pour l'honneur de Napoléon, comme d'illustres otages.

L'impression de la mort du duc de Bourbon est profondément sentie à Saint-Leu. Tantôt on vous raconte, avec une émotion qui vous pénètre et un charme qui vous entraîne, les bienfaits de l'illustre victime. Tantôt on vous inspire pour sa riche héritière des sentimens opposés. Rien n'embellit l'expression de ces accusateurs ; ils lui refusent injustement les grâces qui attirent, les attributs qui séduisent, et les plus exaltés nourrissent contre elle des projets de vengeance.

Les griefs contre Mme la baronne de F*** présentaient-ils la gravité de la diffamation ? La vindicte publique attribue à cette personne, dont la destinée fut unie à celle du prince de Condé, d'horribles projets suivis d'un attentat. Je fus blessée du sentiment d'aigreur que je remarquai parmi les habitans. Les hommes policés par l'éducation, éclairés par la saine morale, se disaient entre eux : « Le crime est un serpent qui se » replie sans cesse sur lui-même ; la blessure peut se » cicatriser ; mais elle ne se guérit jamais, et le moindre » accident la rouvre de nouveau et la fait saigner..... » Tous les maux inventés par les méchans ne sont rien » auprès de ceux que préparent les remords (1)..... »

Auprès de cet asile où d'infâmes *Tigellins* ont dit : *Il n'y a que les morts qui ne reviennent pas*, je lisais dans les regards des passans le secret de leurs opinions ; j'entendais les malédictions qu'ils vomissaient sur les auteurs d'une telle perfidie. De ce fond même de tristesse

(1) Mme la baronne de F*** fut accusée d'avoir étranglé dans son lit, et attaché à une espagnolette de fenêtre, le dernier rejeton du Grand-Condé. Certes, je me garderai bien de prononcer dans une telle cause, d'autant plus *qu'il y a arrêt*. Uniquement je dirai : Si l'amie du duc de Bourbon est vengée aux yeux des hommes d'une injuste agression, ne serait-elle point ajournée au jugement de Dieu ? C'est ce qu'il faudra voir :

Vous le saurez demain ; ce soir je dois me taire.

(*Note de l'Auteur.*)

et d'abattement, jaillissaient, comme d'un sombre nuage, des traits vifs, étincelans, qui éclataient dans leurs yeux et dans tous les mouvemens de leur visage ; ensuite ils continuaient leur marche.

Ce fut encore en vain, en parcourant ces longues allées où l'œil se perd dans un lointain obscur et s'énivre à-la-fois de verts ombrages, que je m'efforçai de rappeler le calme au fond de mon cœur ; l'horreur que m'inspirait un si épouvantable mépris de l'assassinat, l'énumération des faits et des circonstances..... fortifiaient de plus en plus ma conviction. Non ! me disais-je, un Bourbon n'a pu concevoir l'idée de se détruire..... Les courtisans de Saint-Leu, qui paraissaient le plus en faveur auprès de leur souveraine, assuraient que : « la douleur qu'elle ressentait de la mort funeste de » celui (*dont les bienfaits ne seront jamais oubliés par* » *elle*), » était trop forte pour disparaître devant des remèdes aussi doux que le serait le témoignage d'une conscience rassurée.

J'hésitai long-tems à revoir ce château, où je fus accueillie dans des tems fortunés ; mais un orage se forma tout-à-coup vers le nord : le sifflement des vents, les éclairs paraissaient d'abord scintiller dans les airs, bientôt ils devinrent plus brillans et plus rapides, et se succédèrent d'une manière précipitée. La foudre, après avoir frappé le chêne couronné, se rapprocha insensiblement du cèdre à feuilles de cyprès. Les violens éclats du tonnerre, redits par les échos des jardins, redoublent l'horreur de ses ravages. Enfin, l'ame brisée par de cruelles réflexions, j'aborde en frémissant ces lieux où respiraient naguère la grandeur et ses prospérités.

A l'aspect d'un vénérable vieillard, presque courbé vers la terre, formée des cendres de ses habitans, je restai dans le silence et dans l'attente ; il murmurait : « O » sainte et sincère affection ! ô périlleuse franchise ! » vous m'avez trahi, et vous m'avez empêché de dé- » guiser la vérité par une lâche complaisance ! Oui, je » l'avoue, j'ai déclaré (et c'est l'œuvre d'une pro- » fonde conviction) que le prince de Condé *était mort* » *étouffé* (1). » Et, succombant à sa douleur, penché vers le sol, fondant en larmes, il craint de s'exposer au courroux des protégés de *Barcus* (2).

Et pourtant les coupables ne sont pas tranquilles ; car *Simber* (ange de jugement) les menace. A la fin je fus à lui. Sa tête se relève, et son regard scrutateur cherchait à pénétrer dans ma pensée..... Il commence par m'opposer de la résistance, ensuite il emploie une laconique éloquence pour m'empêcher d'exécuter ce que j'avais entrepris : « Qui êtes-vous ? me dit-il, vous » que je vois seule occupée d'éteindre l'incendie ? » Alors je réponds :

La franchise est le langage du cœur : on la reconnaît dans peu de personnes, et celle que l'on voit d'ordinaire n'est qu'une adroite dissimulation pour attirer et séduire la confiance des autres. Élevant alors la voix : *Non ego cum Danais trojanam gentem exscindere ju-*

---

(1) M. Pélier de La Croix, ex-aumônier du duc de Bourbon, d'après ses dépositions, ferait croire que la mort du prince de Condé devait être attribuée à des mains étrangères.

(2) Génie de la Préfecture.

ravi(1). La soif de m'instruire, de m'éclairer, appelle ici ma présence et me force d'implorer votre appui pour interroger la vérité! Je viens pour saisir des preuves à travers un dédale de mensonges. La mort du duc de Bourbon est de l'histoire pour moi La sévère justice approche à grands pas; elle n'a besoin pour éclater que de l'opinion de ses devoirs, de la conscience de sa dignité, offrant un beau modèle de respect pour la souveraineté, *mais non de servilité envers le souverain*. Je l'avouerai, je n'avais jamais cherché à approfondir de funèbres mystères dont j'entends parler sans cesse autour de moi. « Assurément rien ne peut les justifier.
» Observe cet homme avec le sentiment de la douleur
» et de l'affabilité: on peut tout souhaiter au lâche,
» excepté la valeur. Le comble de la folie est d'ensei-
» gner la vertu, d'en faire l'éloge et d'en négliger la
» pratique. C'était bien assez pour mon auguste ami
» d'avoir vécu au milieu des tempêtes, des révolutions;
» si du moins il eût pu mourir paisible dans le port.
» Qui pouvait supposer un semblable avenir à celui
» dont j'ai partagé les fatigues et que j'ai vu s'avancer
» courageusement sur un champ de bataille. O femmes!
» femmes! que votre empire est séduisant; après vous
» avoir comblée de ses dons, il s'est frayé la pente ra-
» pide qui précipite vers la mort!..... » Il dit, et me guide, par plusieurs détours, dans le lieu où le bienfaiteur de Chantilly et celui de Saint-Leu, assailli par

(1) Je ne suis point du nombre des Grecs qui ont juré la ruine de Troie.

les agens du féroce *Mizgitari* (1), a rendu son dernier et douloureux soupir..... (2).

Et je commençai par visiter l'appartement de la bien-aimée de *Nyhimamiah* (génie couvert d'un voile).

Ainsi me parlais-je à moi-même en le parcourant : Si les passions ont leur physionomie particulière, elles ont aussi leurs gestes, leur ton, leur expression. Pourquoi n'ai-je point été surprise que *Dalila*, regardée depuis tant d'années comme l'ange tutélaire du *Samson* français (tremblant que s'il émigrait, ses espérances ne fussent trahies, que sa vie ne fût plus qu'un théâtre tendu de deuil), ait senti la nécessité d'entreprendre sa justification *précoce*, plutôt que d'encourir la chance de voir évanouir les témoignages les plus flatteurs et d'ivresse et d'amour..... Hélas! hélas! les révolutions des choses humaines ont joué d'étranges tragédies à Saint-Leu!......

Il était juste, il était naturel, que la reconnaissance, la fidélité, la compassion fussent associées au nom d'une femme, et non la fraude, le mensonge, la cruauté, la basse ingratitude! Comment ces accusateurs ont-ils

---

(1) Génie des oiseaux de proie.

(2) Le but et les moyens de suggestion ne pouvaient tromper les moins clairvoyans. On répétait à toute heure au malheureux prince qu'il devait au moins de la reconnaissance à celui qui parviendrait à le garantir des dangers de l'exil, etc. Si la violence n'a pu faire illusion sur le choix de son cœur, la terreur n'a pu l'empêcher de révoquer *certaines dispositions*. On avait depuis long-tems la conscience de sa faiblesse ; mais dans les derniers momens qui s'écoulèrent depuis les fatales journées jusqu'à sa mort, la tyrannie livra le prince à lui-même, et déchira naturellement le voile tendu sur l'abîme où le dernier Condé s'est vu précipiter.... ***.

pu supposer que de telles vues aient pu trouver accès dans un cœur *si aimant?* comment se livrer à de pareilles pensées? Il y aurait certes de quoi faire des réflexions à l'infini que l'on n'en serait pas plus heureux; la seule vérité utile qui pourrait en jaillir serait celle-ci : « Que le bord de la tombe est le boulevart » où la masse des maux de cette vie vient s'accumuler, » mais qu'au-delà règne pour l'innocent une paix éter-» nelle. »

Sense feels no pain and mind no care (1).

Il n'en est pas ainsi pour un grand criminel.

Tout en parcourant les lieux habités par *le modèle des Artemises*, par celle qui rendait grâces aux dieux de faire naître l'occasion de signaler toute l'étendue de son zèle et de son attachement à la mémoire d'un Condé (en poursuivant une éclatante réparation de M. le prince Louis de Rohan, à l'effet de la reconnaître innocente d'un mal irréparable).

L'attentat commis sur la personne du duc de Bourbon intéressait toute la France, mais regardait plus particulièrement la maison d'Orléans et Mme la baronne de F***. C'est sur les cliens de Me Hennequin qu'on a jeté le gant. *Quel parti prendre, ô dieux?... Audaces fortuna juvat, timidosque repellit* (2).

Je touche un ressort invisible à tous les yeux, si ce n'est aux miens. Je découvre une porte secrète artistement travaillée. Dans un boudoir élégant, on distingue une galerie de tableaux. Le portrait du général L***

---

(1) Où l'ame n'éprouve aucune peine et l'esprit aucun souci.

(2) La fortune favorise les audacieux et repousse les hommes timides.

me frappe d'abord; la famille régnante y occupe le premier rang. Je saisis le chiffre d'une intéressante et instructive correspondance; de même, j'interprète le langage des fleurs, surtout des amaranthes, des tricolores, des immortelles et des lis....

Sur un album de choix, la superbe déesse de ce lieu de féerie, y récapitulait, jour par jour, ses pensées, mais n'y rendait pas compte de ses actions..... Tandis que je crayonnais à la hâte sa silhouette, mon guide adressait des reproches à l'un des chefs-d'œuvre de Bra. Je modelai les traits *d'une inconnue venue de loin* (1), et m'attachai particulièrement aux éloquentes protubérances d'une belle tête. Je me livrais aux recherches physiologiques, pour démêler et pour connaître le caractère et les inclinations de l'intéressante héritière du domaine de Saint-Leu. Je me garderai bien de publier mes curieuses et savantes remarques, de crainte de me voir foudroyer par l'éloquence de Me Lavaux, et condamnée à l'instar de l'allié *d'une maison souveraine*, à vivre de Persil... Uniquement je dirai, pour satisfaire à toutes les exigences : « On te soupçonne, charmante » miss... *Es-tu coupable d'un tel crime* (2)? »

Celui qui est dévoré de remords, ne peut vivre seul; il faut qu'il s'échappe à lui-même; c'est là, peut-être, la raison pour laquelle il n'est pas tranquille et ne peut rester en place que quand il médite le mal : il erre

---

(1) D'Albion.

(2) M. de Gérando, avocat du Roi, ne peut croire qu'une femme soit assez dénaturée pour étouffer elle-même, ou faire étouffer sous ses yeux, son royal protecteur.

après l'avoir commis. Qu'un hommicide est à plaindre! Plus tard, poursuivi par les lois, il sera forcé de se cacher aux yeux même des étrangers, et de fuir dans le fond des forêts, où il habitera avec la terreur et le remords... On n'échappe point à la justice divine, si celle des hommes est tardive; il ne faut qu'un instant pour qu'elle puisse atteindre.

.... *Quid non mortalia pectora cogis*
Auri sacra fames! ... (1)

La terreur qu'un certain nom m'inspire, ne me permit pas de prolonger davantage mon séjour dans l'asile de l'*innocence*. J'eus bientôt franchi le mystérieux escalier dérobé, offrant une communication facile avec la chambre à coucher de la pauvre victime. Un frémissement involontaire s'empare de moi; mon sang se glace dans mes veines : « Remarquez, me dit le vieillard, » ce lit mortuaire, il est resté en place; preuve d'un » superbe dédain pour la médisance. C'est l'autel sur » lequel le sacrifice fut consommé. Si le repentir est » un chagrin de l'ame, l'assassin du duc de Bourbon » doit éprouver le supplice de Tantale.

De superstitions son cœur est dévoré;
Souvent, d'un front pensif et d'un œil égaré,
Des flambeaux de la nuit il suit la marche obscure,
Et veut à lui répondre obliger la nature.

Je cherchais en vain à me rendre compte des sentimens divers que j'éprouvais; tout me rappelait une longue et douloureuse agonie : un moment je crus ha-

(1) Détestable soif de l'or, quels crimes ne forces-tu pas l'homme à commettre! (VIRGILE.)

biter au milieu des muets..... Arrêtez, barbares, m'écriai-je !... épargnez ce dernier des Condés !... Soudain l'écho répète : *Ils étaient trois !*... (et l'écho de Saint-Leu ne se taira jamais).

De vos lâches complots je perce le mystère,
Tremblez (1) !

Ici mon guide me raconte que : « depuis la mort du » Prince, chaque nuit une clarté magique brille à tra- » vers les branches des arbres qu'un doux zéphyre agite ; » cet éclat ne peut être que la réflexion de l'ame du » duc de Bourbon, dégagée de cette enveloppe mortelle » dont elle se trouvait libre enfin. Ainsi il est impos- » sible de confondre ce prodige avec les rayons de la » lune ; elle se lève derrière ces futaies, qu'elle éclaire » d'une longue traînée de lumière couleur de sang. » Celle qui se dirige constamment, vers l'heure de » minuit, dans l'intérieur du château, qui parcourt » les lieux où le Prince aimait à diriger ses pas, qui » s'arrête justement là (*désignant le champ de bataille*), et trace en caractères de feu :

E che per altro è si lontana dal tuo pensiero (2).

Quelque envie que j'eusse d'évoquer l'ombre sanglante et de prononcer les mots magiques qui ont cette puissance, une difficulté semblait m'arrêter : il me fallait être seule, absolument seule. J'en fis la remarque ; le vieillard tressaille : une religieuse vénération pour les

---

(1) Ophis.

(2) Vois l'heure inexorable qui s'avance près de toi, et qui cependant est si loin de ta pensée. (Young.)

lieux remplis d'un grand nom lui fit craindre un blâme sévère, surtout si le pasteur du lieu me surprenait commandant *Suglacus* (1). A sa contenance, à sa démarche, je reconnus d'abord quelle était la divinité qu'il craignait; aussi ne put-il se résoudre à voir brûler l'encens, répandre des parfums et prendre toutes les marques de deuil, etc., etc. Il s'efforça de me faire changer de résolution. Une voix qu'on entendit ajouta à son effroi..... C'était celle dont le timbre principal, et les accens parfois sonores et gracieux, avaient séduit, enchanté Renaud..... c'était Armide! mais Armide furieuse, désespérée!... elle s'agite, elle s'égare!... les bois de Saint-Leu retentissent de ses cris : Il fuit!... il m'abandonne!... *pourtant je l'ai si bien servi*... A l'aspect d'*une royale famille*, elle se trouble, balbutie quelques mots inarticulés et lance un regard foudroyant sur le choix de son cœur.

Un tumulte effrayant régnait dans le château, un bruit d'une nature si étrange, si cruelle..... En ce moment on entend l'orfraie battre des ailes..... Entraînée comme par une main invisible vers la grotte aux révélations, je ne saurais exprimer quelle fut ma surprise, en remarquant que toutes les plantes avaient des oreilles; dès-lors je pensai que, pour la première fois de ma vie, la vue des habitués de Saint-Leu pouvait effrayer, mais non paralyser les effets de mon talisman; car il est plus fort que le sceptre, que l'autorité arbitraire..... Pour me conformer entièrement aux instructions de

(1) Génie malfaisant du fer.

mon Génie, je dus me passer de guide pour mes lointaines excursions..... Des ruines de Sainte-Aldegonde, je passai à travers les arbres touffus, où des sentiers se croisent en tous sens; c'est un véritable labyrinthe pour une Muse en méditation. Les rayons du soleil, tombant à travers les feuillages, forment comme une pluie d'or : la douce lumière porte aux ames vaporeuses; le vent souffle légérement, et les esprits aériens se balancent mollement.

Retirée à l'écart dans un chalet dont l'effet est très-agréable, je m'occupai durant *deux lunes* à m'expliquer l'énigme de la souplesse d'esprit toute particulière du bien-aimé de la reine de Chantilly, du bien-aimé qui, semblable à Prothée, paraissait prendre de nouvelles formes à chaque opposition de l'auguste testateur, et par-dessus tout en imposait au pauvre vieillard bon, confiant, timide, par un océan de paroles qui surpassait l'éloquence du député de la Nièvre (1). C'est ainsi qu'on entraîne les faibles dans l'erreur.

Ainsi me parlais-je à moi-même, pour mettre en défaut la vigilance d'un parti méprisable. Ce parti voudrait faire fléchir une nation belliqueuse sous les lois de *Dracon*. Les lois de Dracon *n'ont pas été écrites avec de l'encre, mais avec du sang* (2). La cruelle sévérité fait affronter les plus grands périls. Une conspiration en enfante une autre, et donne lieu à une entière rupture entre la tyrannie et la modération; tous s'arment,

---

(1) M. Dupin aîné.

(2) L'orateur Démade.

tous se révoltent, promettent de s'entr'aider à secouer le joug que leur fierté leur a rendu insupportable.

Par une vertu magique, aérienne, je songeais la nuit du 24 octobre 1832, que je traversais une place publique et passais sous une arcade reposant sur des colonnes ioniques de marbre blanc. Mon œil fut tout-à-coup frappé par l'aspect imposant d'une statue équestre de Cromwell. Sur un obélisque qui s'élève en face, est gravée l'inscription suivante en grosses lettres de bronze :

La malédiction des peuples indignés
Soulève contre toi la colère céleste.
Crois moi, profite encor de l'instant qui te reste;
Précipite tes pas de ce trône sanglant
Où tu ne peux rester désormais qu'en tremblant.
Le ciel arme son bras; va, préviens ton supplice :
Fais croire à tes vertus en te faisant justice. (***)

Par une attention dont la délicatesse ne pouvait manquer de m'être agréable, le Génie qui gouverne la France et veille à son indépendance (*malgré l'abîme de la destruction qui l'entoure de toutes parts*), vint m'avertir de fuir un gouffre inévitable. Ce lieu présente aux amis des lois *un poignard, une fiole empoisonnée ou un lacet funeste*... « Regarde autour de toi les noirs soucis, les vapeurs » mélancoliques sous l'abri de l'incrédulité; crois-moi, » porte tes regards au-delà de l'horizon des Gaules... » Il dit, me dévoile les secrets du palais de *Saturne*, et m'impose un silence rigoureux, et cela jusqu'au jour de la révélation. « Alors on verra une chevelure hérissée, un sein déchiré et sanglant..... »

Je frémis d'horreur en entendant dévoiler la cause et surtout les effets que devait produire *la trahison cal-*

culée. Cette tache impure sera lavée dans le sang... et *la maison du rire sera une maison de maux* (1).

« Écoute encore, me dit le Génie : Sept fortes têtes » dirigent les affaires de ce royaume; leur mission est » d'imposer silence aux contribuables, d'animer le cou- » rage et de réchauffer le zèle des *trembleurs*, qui cher- » chent à se restreindre dans un peu de gloire..... » Assez, assez d'humiliation, assez, assez de mystifi- » cation; le dénouement approche : j'ai le droit de » m'emparer du *renard et des raisins*, et je soutiendrai le » faible contre le fort, contre l'exagération des partis. » Il ne s'agit ni de fanatisme de secte, ni de favoriser » la royauté de juillet aux dépens de la royauté de » Henri V; *il faut briser l'échafaud révolutionnaire*. On » ne peut soustraire aux agens d'un pouvoir ombra- » geux la dignité qui en impose. Une noble fugitive est » sur le point de soutenir les plus rudes épreuves..... » Elle eût voulu arracher des griffes du vautour l'écus- » son de son fils, et se garantir des serres de l'éper- » vier !... Le rameau d'or sera planté sur les remparts » d'un vieux fort; c'est là que les plus incorrigibles re- » trouveront leurs droits politiques, leurs libertés civi- » les; c'est là que ni le canon ni l'état de siége ne pour- » ront en imposer à la majesté d'un grand peuple : sa » voix aura du retentissement; il s'indignera *de l'indi-* » *gnité*; il assurera le salut de la France, et préservera » d'illustres exilés du dernier des malheurs. »

A ces mots le Génie renverse la statue de la Paix, et

(1) Young.

s'élance au-delà de Lutèce!!!!! « Votre devoir, votre » gloire est de marcher sur les traces de l'héroïque in- » fortune, sans jamais la perdre de vue. Sa propre » conservation est un lien trop faible pour l'empêcher » de s'exposer... Placez la terreur au bord de l'abîme, » comme un fantôme armé d'une épée flamboyante!... » ayez le plus grand soin d'écarter *Locuste* (1)!..... » quand il en sera tems, vous me verrez paraître!...» Il dit, et des brasiers enflammés où s'allume l'éclair, environnent au-delà des antres aériens ses ailes vigoureuses ; sa voix de tonnerre m'arrache momentanément de mon état de *somnambulisme!* Je le vois franchir les orbites de l'empyrée!... tout est calme autour de moi. O Joraël! sinistre messager des malheurs de ma triste patrie, continue de m'éclairer!... si mon œil ne peut embrasser l'étendue de tes révélations, au moins soutiens mon énergie! L'homme est trop faible pour me louer, *et l'homme ingrat voudrait m'ensevelir dans les bras d'un sommeil éternel!...* Pourtant :

Quand Rome est en péril..... Contre tes ennemis,
Rome, pour te sauver tes enfans sont unis (2).

---

(1) Empoisonneuse romaine.

(2) *Coriolan.*

LA PAUVRE FUGITIVE.

> Qu'entens-je? elle respire!
> En quels lieux?
>
> JULIEN.

Je le sais, leur dit Judas-Deutz ; que voulez-vous me donner, et je vous la livrerai ? et il convinrent de lui accorder six cent mille francs, et peut-être encore plus !

. . . .

Et pour me donner l'alarme, est-il donc besoin que le tonnerre éclate à mes pieds? Je n'étais ni troublée, ni pâle de frayeur, mais j'étais indignée (1). Je n'attendais que le moment propice pour m'entretenir avec

---

(1) Dans un article du 24 octobre 1832, *le Constitutionnel* disait :

« Toutes les recherches de la police pour découvrir la retraite de la du-» chesse de Berry ont été jusqu'ici inutiles, et les réponses de M. Berryer fils » devant la cour de Blois n'en ont pas appris davantage. Mlle Le Normand, » qui possède, comme chacun sait, le grand art de la divination, promet » de nous révéler ce mystère dans un oracle qui paraîtra à l'ouverture des » chambres, etc., etc. »

Le 26 octobre j'ai répondu au rédacteur de ce journal :

« Il est très-vrai que je publierai un nouvel ouvrage. Il est très-vrai que je mettrai la France dans la confidence de la retraite *obligée* de Mme la duchesse de Berry. »

(Hélas! je ne prévoyais que trop que la citadelle de Blaye serait le point de mire où l'infâme trahison conduirait la mère de Henri V.)

« Mais ce qu'il m'importe de bien faire connaître pour fixer l'opinion de mes honorables lecteurs : *Timeo Danaos et dona ferentes*, c'est que tout en découvrant les lieux qui recèlent l'héroïne du malheur, je déclare hautement que je voudrais la soustraire aux regards des suppots d'Astaroth ; que loin de trahir une auguste princesse, je voudrais l'arracher aux griffes sataniques, la sauver *si faire se peut*, et vous sauver vous-même, monsieur le rédacteur. »

Suadella, dieu de la persuasion; de concert avec *Cotam,* génie favorable, j'intercédais *Varra*, déesse des sermens. *Arimane*, commande aux *Euménides; Cacodémon, Combat,* esprits de ténèbres et de discorde, président leurs conseils. *Pécunia*, déesse de l'argent, a séduit *Iscariote*.... Que faire, alors? sinon de recommander le traître à *Édussa*, déesse des enfers... pour en faire un exemple!...

Si l'éternité pouvait s'ouvrir devant moi, j'en verrais sortir des ombres brillantes et radieuses, comme du fond de son sanctuaire la vertu laisse échapper son voile. Tandis que dans la métropole des cités, les hommes tombent comme les feuilles de l'automne; que les *Spartacus* de juin, les *Spartacus* de juillet, les *Héros vendéens*, portent à-la-fois la même chaîne, sur les ordres d'*Azaël,* ange révolté; cela se conçoit; que la tête de la fille des rois soit mise à l'encan; qu'un infâme renégat recoive le prix de la trahison; alors, on reconnaît la griffe de *Rhabonn* (1); *et c'est la conséquence*. Mais ce qui doit affliger souveraine-

---

L'insertion de *cette lettre* m'a été refusée. Si elle eût paru dans la feuille *européenne*, nul doute qu'elle n'eût donné l'éveil à la noble fugitive, éclairé les amis de Mme la duchesse de Berry, et surtout *bien mérité de la royauté citoyenne*.

Je venais déjouer de criminels desseins.

Le Constitutionnel, *sur ma demande*, a cherché depuis à réparer en quelque sorte par un *désaveu*, l'article de son journal qui m'avait si grièvement offensée..... L'espérance serait-elle évanouie pour Mme la duchesse de Berry? Non, assurément, non!

Les seuls événemens ont trompé ses désirs :
Elle adoucit toujours ses amers déplaisirs.....

(*Note de l'Auteur.*)

(1) Chef des anges rebelles.

ment tout cœur français, c'est de voir stationner sur nos frontières, *Patèno* (1), *Scater* (2), *Porévith* (3). De rencontrer aux portes du Louvre les *Lemures* (4), poussant leurs gémissemens au grilles du jardin privilégié de sa majesté Louis-Philippe. De même, des *Lammies* (5), s'arrogeant le droit d'écarter *Sclopedus* (*pistolet*). Le fier *Krusmann* (6) paraît sur nos remparts, il se promet de livrer sept batailles. *Loda* (7) commanderait-il les Sarmates... Des bords du Niémen, des plages d'Albion, des antres affreux de la Scythie, reverrait-on un million d'hommes accourir pour nous combattre... Heureusement *Volianus* (8) protège les Gaulois; *Segesta* (9) leur offre ses dons, et *Sémitales* veille à la garde de la ville des Philosophes, et garde ses chemins.

O mon pays, mon pays! de nouveaux soulèvemens agiteraient-ils tous les points du royaume? Les chambres tenteraient-elles de se déclarer en permanence? Un coup d'état serait-il approuvé? Lutèce, antique Lutèce! serais-tu menacée?... Oh! répondez, artisans de discordes; répondez, frondeurs, ambitieux coupables, vous tous qui livrez la France au fer de l'étranger... Écoutez, écoutez! *L'ange ministre des foudres célestes lancera*

---

(1) Divinité des Prussiens.

(2) Divinité saxonne.

(3) Divinité des Germains.

(4) Génies malfaisans.

(5) Spectres à visages de femmes.

(6) Dieu des peuples du Rhin.

(7) Dieu de la Scandinavie.

(8) Dieu des Gaulois.

(9) Divinité de la moisson.

contre les traîtres une flèche imprévue : noxia nocenti (1).

Doué d'une puissance mystérieuse, indéfinissable, avec la réalité de ma nature, mais d'accord avec mes besoins, je me dirigeai vers le bocage, où je séjournai dans un antique manoir où Mme la duchesse de Berry avait mangé le pain de la bruyère... De malheureux Vendéens s'y débattaient encore dans les transes de la mort. J'entendais leurs derniers gémissemens. La terre qui me soutenait, abîmée sur elle-même, s'était fondue dans un abîme de sang. Des cris rebelles répondaient aux cris de la fidélité. Je rencontrai des milliers de mouches et sauterelles *de nuances bigarrées*. Je les maudis au nom *d'Alassor dieu vengeur*, et tournai mes pas du côté que nul astre n'éclaire.

Je me trouvais dans un vallon où l'oiseau chantait dans les arbres, l'onde murmurait dans le gazon, le *lis courbait sa tête auguste*. Un bruit sourd frappait mes oreilles. Une pensée étrange se présenta à mon esprit, et j'écoutais avec toute l'attention de l'inquiétude, si je n'entendais pas le dernier soupir de la France. J'étais alors plongée dans un état parfait de *quiétude*... je voyais un serpent graver sur une pierre tumulaire : « *Vox populi, vox Dei*, qui accuse !!! Et, montrant son dard, il indiquait... *Pourquoi tremblais-je de le dire ?* Il y aurait bien d'autres réflexions à ajouter sur le résultat de grandes espérances, mais elles sont si naturelles, et en même tems si concluantes, qu'on laisse à tous les Français le soin de les expliquer.

---

(1) Les méchans se prennent à leurs piéges.....

Un vent d'est qui soufflait avec violence au frais d'un lac, me fit remarquer un cygne d'une blancheur éblouissante. Ce cygne semblait diriger son vol vers un israëlite renégat (*ébloui par de brillantes promesses*). Je remarquai une espèce d'ombre offrant les contours de la forme humaine. Cependant, à mesure que je regardais attentivement je distinguai enfin l'objet qui s'offrait à ma vue. Dieu! quel être extraordinaire! gigantesque! Il s'avance lentement en s'élevant au-dessus des chênes ; sur sa tête une couronne à pointes, dans sa main droite la charte de 1830, et dans l'autre *le glaive de Brutus*. Il s'écrie d'une voix foudroyante : « Le néant est assis sur le seuil d'un palais ; sa mar-» che est rapide, elle donne le signal aux heureux » du pouvoir. L'air que l'on respire dans les lieux » qui l'environnent est salutaire à la vérité. » Chacune des paroles de ce fantôme enfonçait un trait dans mon cœur!

Il continue : « Quelle foule de fléaux divers opprime » la France! la guerre civile, la peste, les divisions » intestines, les tyrans (comme ceux d'Athènes) dé-» solent tour-à-tour et ravagent ensemble l'espèce hu-» maine. Ici des hommes, pour faire fuir d'autres » hommes, s'ensevelissent vivans dans les entrailles de » la terre ; ils oublient qu'il est un soleil. La misère, » la persécution, ne laissent à une multitude égarée » d'autre asile que dans la tombe..... Que d'hostilités » sans ennemis! L'affreux tableau de la Vendée de-» vrait être un épouvantail pour les ambitieux gros de » projets et d'espoir...La vue des myopes politiques ne

» peut porter au-delà du moment présent, ni les arra-
» cher à de funestes et incurables illusions... Pourquoi
» abandonner les remparts de la France pour protéger
» le *Belge ?* Pourquoi caresser des chimères ?... l'ave-
» nir n'est point derrière un nuage épais, les années
» 1833, 1834, 1835, etc., etc., leur feront pénétrer... »

Je laissai cet être extaordinaire disserter sciemment sur la politique du cabinet des Tuileries; je continuai ma route. La lumière ne laissait échapper dans les airs que des rayons affaiblis, qui ne servaient qu'à rendre la nuit plus visible, et la montrer dans toute sa majesté. A l'aurore s'élève ma pensée au-dessus de cette atmospère, et conduit mes regards au sein de l'Éternel! Je ne priais pas seule : d'invisibles essaims d'esprits le suppliaient de punir les pygmées!!! Je m'approchai d'une ville qui m'était inconnue, encore que j'aie beaucoup voyagé; je remarquai que ses habitans étaient bien faits et robustes, les femmes douces et modestes; les deux sexes possédaient une imagination vive, et surtout le bon sens qui dirige toutes les actions.

Tandis que je prêtais l'oreille à un curieux monologue, je distinguai de loin *Harabel,* génie des *Ozias,* il disait à *Eumélia,* célèbre augure :

> Que dites-vous? grands dieux! de quelle barbarie?...
> Une mère...

Les hommes consciencieux et sages voulaient frapper à la porte d'un château. La population entière paraissait indignée. Tous réclamaient hautement leur souveraine..... cette souveraine était Mme la duchesse de Berry. Depuis 1830 elle avait dit adieu à la vie douce et tranquille. Sous la garde d'*Anicetus*, son courage affrontait les dangers d'une navigation dangereuse pour arriver à Blaye. Les Nantais admiraient son sang-froid, faisaient des vœux pour sa sûreté, et maudissaient ses oppresseurs :

> Par le plus lâche des forfaits,
> En vain dans un cachot la trahison l'entraîne ;
> La prison devient un palais,
> Et tous les nobles cœurs la proclament leur reine (1).

Je contemplais avec un silence d'admiration le degré de hauteur où s'élevait celle qui soutenait avec confiance tous les revers dont la fortune l'accablait. Elle est insensible à la perte de ses richesses, de sa gloire et de toutes les grandeurs humaines. Elle parle de son fils ! elle espère le sauver ! sauver la France !... tel est son vœu ? Je vais donc la contempler de près cette princesse ! opposant à ses revers un courage invincible ! j'interromprai l'affreux silence de son horrible cachot. L'infortunée ne se plaint point du songe qui l'a trompée ! Ce songe *recommence à Blaye* !... aussi conserve-t-elle au milieu de ses disgrâces un front triomphant et une ame tranquille ! Sourire encore sous le fardeau de ses malheurs, et consoler ceux qui seraient assez heureux pour venir la consoler... c'est du sublime ! c'est de l'admirable ! La grande prisonnière élève sa voix vers son Dieu, et son Dieu retirera de l'oubli une famille de rois ! Ainsi je me parlais.....

Tout-à-coup je me transporte à Blaye, à l'aide de

---

(1) *Réflexion nationale.*

mon talisman, et trompai la vengeance! C'était la veille du jour où Mlle de Kersabiec devait être transférée à la prison neuve de Nantes. La nuit fut noire et profonde, un ciel ténébreux et sans étoiles, les mugissemens sourds des vents qui se mêlaient au son mélancolique des vagues, semblaient préparer la scène attendrissante du lendemain.

Je veillais autour de ces remparts qui renferment la fortune de la France, et songeais à tous les maux que la destinée pouvait encore accumuler sur la royale captive. De pensée en pensée, je m'approche avec rapidité de la citadelle..... Une femme invoque la madone placée aux créneaux d'un vieux fort. Cette femme n'aurait-elle pour avenir qu'une prison d'état *ou l'immortalité?* O ciel! ne m'ôte pas ma plus douce espérance! Elle dit : j'entends sa voix qui fait battre mon cœur! est-il possible? ne serait-ce pas une illusion? c'est-elle, je la reconnais, n'est-ce pas Caroline!... auguste prisonnière, je songe à votre sûreté. L'astre du jour, à son lever, vint une seconde fois éclairer cette figure, et me convaincre que mes regards ne m'ont point trompée :

Faut-il que mon devoir vers vous ne me rappelle,
Que pour vous annoncer la plus triste nouvelle!
Le crime est triomphant!.........

Quelques paroles touchantes adressées à la Divinité, sur le sort de sa patrie, et sur le jeune enfant de France, qui grandit dans l'exil, Mme la duchesse de Berry gémit sur les actes arbitraires d'une royauté sans racines, sans substance, qui voit s'élever sous ses yeux l'écha-

faud réservé à la mère de Henri V. « Où en sommes-
» nous donc aujourd'hui, s'écrie l'infortunée! celui qui
» gouverne l'empire, est-il plus habile ou plus heu-
» reux que le roi Charles X? Il le croit, sans doute,
» il est seul à le croire..... En attendant, la voix de la
» nation n'est qu'une plainte, entre la répression d'une
» émeute et la crainte d'une insurrection. Les *préto-
» riens* du pouvoir font de la paix publique avec l'épée
» au côté, au lieu que Caroline de Berry, pour conser-
» ver l'intégralité du royame de France, a supporté les
» fatigues de la rude vie d'un soldat, plutôt que de
» voir l'honneur flétri, et l'antique oriflamme des bra-
» ves traînée à la remorque des légions étrangères...
» La république apparaît usant cruellement du droit de
» la victoire, elle m'épouvante, elle fait couler mes
» pleurs ; déjà je l'entends dire :

Après de tels affronts la vengeance est permise.

Comme Cassandre, la fille de nos rois prophétise peut-être en vain ; l'éternité règne seule, les cieux regardent l'homme, et restent confondus en le voyant agir.

Le moment était favorable pour m'introduire auprès de la moderne Jeanne d'Albret. Je traverse des bâtimens délabrés, d'étroites cours, de sombres et épaisses voûtes et me trouve en face du commandant Delort. Ce dépositaire de l'autorité fronce le sourcil. Il m'interroge ; je réponds avec un grand sang-froid : « J'ai
» pénétré dans le cachot de la reine de France (en
» 1793). Je viens réclamer la même faveur en 1832.

» Daignez me présenter à la nièce de la reine Amélie ;
» je ne redoute rien :

Au travers des périls un grand cœur se fait jour.

» — Le passeport, l'ordre du premier ministre? »

Pour unique réponse, je fais luire à ses yeux l'anneau de Gigès, et je devins invisible. Tout-à-coup le maître de céans s'écrie : *Où est cette femme? Elle disparaît! elle est disparue! Existerait-il un complot? On conspire, on veut enlever la Duchesse... Soldats, à vos rangs; canonniers, à vos pièces. Appel au commissaire Joly... Hélas! hélas! il court vers d'autres exploits!!! Nous sommes trahis! et pourtant le service intérieur est de la plus fidèle exactitude... Si l'ennemi a des intelligences dans la place, le ministère doit y veiller. L'alarme est au comble! l'alarme est dans la ville! En attendant, le beffroi résonne! la mer est agitée! Les signaux, le télégraphe, tout est en mouvement. Sans attendre la sanction sur la liberté individuelle, les visites domiciliaires sont ordonnées. On fouille la forteresse, on fortifie les remparts : tout est en émoi! Un torrent de larmes s'échappe des yeux de Mlle Dulaurier* (1).

J'élève enfin la voix, et dis aux courtisans du pouvoir absolu : « Messieurs,

» Qui ne la plaindrait à la citadelle de Blaye, serait
» insensible; Qui ne la plaindrait au palais d'Orléans,
» serait un monstre et peut-être encore plus!... La
» France entière lui servira de famille. Pour le maî-

---

(1) Femme de chambre *commissionnée* auprès de Mme la duchesse de Berry.

» tre suprême, les destins s'accompliront... Le grand » aigle annonce le réveil. »

La garnison reste soudain frappée d'idées sinistres ; elle se repousse, recule épouvantée ; les chefs demeurent l'un devant l'autre immobiles comme des statues froides et inanimées... Je parlais, mais restais constamment invisible à leurs yeux... Le moment était favorable pour m'entretenir avec Mme la duchesse de Berry. Je voulais lui expliquer le zodiaque mystérieux, et lui faire connaître le nombre de duels, d'escarmouches, de combats, de batailles, de siéges, d'assauts et de barricades qui auront lieu dans le cours de cette Olympiade. Ceux qui troublent le repos public seraient sans doute plus raisonnables, s'ils étaient instruits des peines infatigables que prennent les chefs des nations pour entretenir le bon ordre. C'est un cercle de fer dont le diamètre a deux cents lieues qu'il faut souder à chaque instant. Pharisiens politiques, redoutez-en l'éclat !

Un héroïque espoir reste à la France encore !

«O vous, qui étiez parvenue à réunir ce qui fait admirer, dis-je à la princesse en l'abordant, c'est pour vous surtout que les malheurs sont extrêmes ; cependant la patience et la fermeté avec lesquelles la femme forte a supporté la disgrâce, la faim, la soif, au milieu de la terre promise, encourageront les faibles, écarteront le murmure et tiendront en haleine ses ennemis même. L'auguste mère de Henri V n'a connu ni les fatigues, ni les dangers... Aussi, soutenue par une opinion semblable à celle exprimée lors du retour de Louis XIV dans sa bonne ville de Paris, la voix du peuple ne pourrait-elle s'élever en faveur de la royale captive, en faveur de son fils?...

Et de David éteint rallumer le flambeau (1).

A mon aspect, la frayeur saisit un moment celle que l'injustice et l'ingratitude accablent : à peine je déclinai mon nom, qu'un plaisir plein d'espérance vient tempérer son émotion et modérer ses craintes. Je surveillais *ses surveillans*. Des Génies fidèles, commis par moi, gardaient les avenues de son appartement; leur ton, leurs manières, leurs mouvemens, l'ordre admirable dans lequel ils étaient rangés, réprimèrent plus d'une fois l'étrange hardiesse *du favori*, de celui dont le nom trop fameux *épouvante Carthage!*..... Il me semblait que l'ombre de son époux fixait l'illustre veuve avec une majesté tranquille; la paix de son ame se peint dans tous ses traits; la destruction le pare, le couronne de lumière : on eût pu croire envisager un mortel; mais le duc de Berry ne l'était déjà plus!...

Tout en parcourant les remparts à quelque distance de S. A. R., mes yeux de lynx découvrent dans l'immensité un mouvement continuel; les Anges laissent dans les cieux un vide immense; la terre tremble sous les pas du colonel Chousserie; le monde politique disparaît; l'univers chancelle autour du fort où est ren-

(1) Racine, *Athalie*, acte Ier.

(2) S. A. R. daignait accueillir avec une rare bienveillance mes ouvrages, et m'en témoigner sa gratitude. Je conserve ses lettres comme un brevet d'honneur. (*Note de l'Auteur.*)

fermé l'avenir de la France ; ses secousses ébranlent la grande ame de *Marie-Thérèse de France*. Les habitans des airs font entendre des sons lugubres. La foudre gronde ; elle éclate : où se sauver?..... O pouvoir de l'imagination!..... Je gardai le silence pendant quelques instans, promenant alternativement mes regards sur une nuée de *Parras* (1) voltigeant autour de la forteresse. Je ne saurais dire quel fut mon effroi, lorsque je distinguai *Asoer* (2), porteur d'un message. Je l'examinai avec l'attention la plus scrupuleuse; son regard était louche. J'observai alors de très-près Mme la duchesse de Berry et me méfiai des insinuations perfides. Son noble caractère lui fit refuser, en rougissant, d'en appeler à *Asileus* (3). Le mépris le plus formel accueillit ses avis : « Deutz possédait sa confiance et lui ju-
» rait une fidélité à toute épreuve..... *Effrayante le-*
» *çon pour la royauté de juillet!*..... Les zélateurs de
» 1830 l'ont suspendue sur le léger sommet d'une
» branche fragile, qui peut se briser à la première ha-
» leine du zéphyre et l'entraîner dans sa chute... Au-
» jourd'hui, la victime de Blaye est environnée de la
» trinité révolutionnaire; elle apparaît, aux yeux de
» ses ennemis, avec un cortége tel, qu'il ne sera pas
» accompagné de la pompe fastueuse des cours. Heu-
» reusement pour la petite-fille du grand Henri, l'ap-
» proche de la raison en Europe *est hâtée par le péril*. »

(1) Oiseau de mauvais augure.

(2) Mauvais génie.

(3) Dieu du refuge.

Nouvelle *Delphis* (1), j'expliquai mes sentimens aux geoliers de la prison dans une langue antique, et ne cessai de leur répéter : L'être le plus faible doit succomber plus aisément sous les efforts du crime : à la vérité, ceux qui lui font supporter une rude captivité seront courbés sous d'affreux revers, en proie au désespoir, si on ne peut arracher de leur cœur de funestes desseins.

« *Agni, dieu du feu,* viendra les réclamer pour enrichir l'*OEta.* Le bras invincible de *Steniad* (2) a déjà » placé l'*œuvre des* 219, dans *Saturne*, pour y voir les » vallons comblés, les montagnes aplanies, les peuples » divisés se combattant entre eux, et *Saniel,* auxiliaire » de *Rhadamante,* juge provocateur, président un tri- » bunal d'exception en face de *Mizaël.*

» La mort aime à viser un but brillant, à frapper un » but éclatant, qui alarme au moment qu'il détruit. » L'heure de la clémence est passée, tout est extrême, » tout va devenir irrévocable. *Minos* fait des lois sui- » vant son humeur, son caractère ; enfin, un dernier » acte de sa volonté sera de renvoyer devant *Pluton* » ceux qui troublent le repos de l'Europe et favorisent » l'usurpation. » Ainsi parle *Delphis !*

Sur un ordre impératif, Mme la duchesse de Berry allait rentrer au secret de sa prison : on lui faisait des signes maçonniques des points les plus élevés. A l'instant l'atmosphère enflammée du globe terrestre annonce

(1) Pythonise de Delphes.

(2) Déesse de la force.

le choc impétueux des élémens ; l'horizon, surchargé de nuages rougeâtres, présage la continuité d'un ouragan terrible ; la mer s'enfle, s'élève au-dessus de ses limites ; les nuées s'amoncèlent les unes sur les autres, et leurs secousses mutuelles font jaillir de leur sein une trombe agitée. Peu-à-peu le soleil reprend son majestueux éclat ; il flatte délicieusement la vue. Je me rassure en fixant *Melahel* (1), et reste impassible : *l'avenir est à moi.*

Le génie protecteur de la France apparaît dans un météore lumineux qui pénètre à travers l'empyrée, et parvient jusqu'à la citadelle où Mme. la duchesse de Berry est renfermée : « Mortelle, depuis le 30 juillet » 1830, vous avez bravé les vents et les orages ; maintenant venez contempler de près les esprits mélancoliques ; venez voir la félicité sous le glaive de la » mort. » Il dit, et la transporte sous les berceaux du brillant séjour de la lumière.

La crainte agiterait-elle ma raison, et mon imagination n'apercevrait-elle que des simulacres trompeurs ? Je l'ai dit, je suis somnambule ; comme somnambule, mon horizon s'étend, de nouvelles facultés viennent envahir mon être. Plus je considère la vie, plus elle me paraît vaine.

O immortalité ! qui peut décrire et définir ta nature !

---

(1) Génie de l'air.

LES MORTS REVIENNENT.

Noble victime, ouvrez, ouvrez votre ame
Au céleste pouvoir des consolations !
Rome a vu votre deuil et vos afflictions,
Et veut que dans mon sein votre plainte s'exhale ;
Elle sait compatir.......

(*Louis I*, act. Ier, sc. II.)

C'est une femme offerte en holocauste à la sûreté du pouvoir.

Une constellation bienfaisante guidait l'illustre prisonnière sur des flots aériens, dérobant la terre éclairée par elle. Mme la duchesse de Berry se fortifiait de plus en plus, à mesure qu'elle approchait de l'empire de la contemplation. L'éther exhalait ses parfums ; ce parfum était suave et odorant ; l'astre qui vivifie le monde était plus brillant, les ondes qui serpentaient sur ces belles régions (là où règne un printems perpétuel), avaient le murmure agréable ; leurs eaux étaient limpides et douces ; un ombrage protecteur environne ses rives : loin de tous les regards il recevait sur ses bords les ombres errantes et sans planettes fixes. Le firmament semé d'étoiles se réfléchissait dans une mer tranquille ; on se croyait placé au centre de l'univers, pouvant embrasser d'un seul-coup d'œil la création toute entière. Je planais au-dessus des nuages, dirigée par mon talisman, et ne cessais d'admirer ce magnifique spectacle ; l'infini est partout ; on le voit au ciel, on le sent dans son cœur, et cependant quel mystère !

Sur une montagne très-élevée, un temple d'ordre corinthien se faisait remarquer ; la Liberté, la Justice, la Prospérité, la Gloire, le Bonheur, y avaient trouvé un asile depuis les trop mémorables journées. Ces déesses ne demandèrent point son nom à l'exilée... *On la poursuit, se dirent-elles, vite, ouvrons-lui.....La France un jour la reverra, nous la rendra.* De doux et mélancoliques accens s'unissaient à leurs vœux. L'alouette matinale fait entendre ses chants ; les autres oiseaux sortent des bois odoriférans, s'appellent entre eux, et l'environnent à l'envi.

Ce concert aérien plongeait l'auguste veuve dans l'extase et l'admiration ; elle en calculait la progression; son cœur s'ouvrait à toutes les jouissances en voyant les légions célestes s'élever vers le sublime auteur de toutes les merveilles qui viennent frapper les regards.

Le plateau éliséen était ombragé de roses-carolines à haute tige, de toutes les nuances, de toutes les saisons. De ce point d'élévation on contemple des vérités sublimes ; on y puise des idées grandes et consolantes. Quelque bruyans que soient les vents politiques, le sort de la France est dans les mains du maître des tempêtes : ainsi donc, espérons !.....

Mme la duchesse de Berry écoutait en silence se parler plusieurs ombres ; leur entretien captiva toute son attention : « Garde-toi d'être modeste, quand il te faut » être fier », observait le président du conseil de sa majesté Louis-Philippe, à M. le vicomte de Martignac. Je reconnus M. Casimir Périer au visage pâle, à la démarche incertaine, qui s'entretenait avec les généraux Foi, Rapp, Colbert, Montesquiou, etc., etc.

L'image de ces immortels était réfléchie aux yeux, sous d'autres traits. L'ami de Charles X, l'illustre défenseur d'un prince malheureux, dit à l'héroïne du malheur :

» L'envie qui s'acharne contre les vivans ne trouble » pas la paix des tombeaux ; du moment où j'ai cessé » d'être, il ne reste plus rien de commun entre mes » contemporains et moi ; la mort a rompu tous les maux. » Il n'est pour le fidèle conseiller de la restauration, de » présent n'y d'avenir, de faveur ni de haine de parti : » son siècle est sa postérité. Les nations s'uniront pour » juger son être ; il laisse à qui de droit le soin de lui » déférer une apothéose, ou de lui décerner le blâme. » je voulais rendre à ma patrie son immortelle splen- » deur; j'ai bravé les difficultés qui naissaient de toutes » parts dans les combinaisons politiques. J'osai faire un » essai de mes forces ; j'écartai du pouvoir les adver- » saires de la monarchie, pour n'envisager que l'hon- » neur du nom français.

» J'ai formé un tableau d'imagination ; je l'aurais » rendu sans doute plus ressemblant, si j'eusse vécu. » C'est à vous, Madame, c'est à votre auguste fils, » que je lègue le soin de saisir quelques traits distinc- » tifs, où l'œil de mes successeurs, et celui des princes » de la maison d'Orléans, puissent reconnaître mon » modèle.

» *Pourriez-vous me dire aujourd'hui, monsieur Périer » Casimir, qu'est devenue la pensée de juillet?* Ainsi » s'exprime le malin et spirituel Colnet (1). Il hasardait » cette question, en contemplant le coryphée de la ré- » volution de 1830. Ce coryphée, au faîte du pouvoir, » s'est ressenti de la dureté des armes qu'il portait. » Quelques efforts qu'il eût faits pour détruire une mo- » narchie fondée par des siècles... des étincelles d'hon- » neur et de vertu brillaient encore en lui, s'il eût » régné le cours d'une *Olympiade*, la révolte, l'anar- » chie, ne descendraient pas audacieusement dans l'a- » rène, et vingt départemens, de l'ouest au midi, ne » gémiraient point sous une oppression barbare; et la » mère de Henri V ne serait pas, pour l'honneur na- » tional, signalée aux bourreaux.

» L'aventurière de Massa (2) leur observait que la » défaite de Charles X (*pour ceux qu'elle avait tant ai- » més*), ne serait qu'un triomphe éphémère. L'œuvre » n'en est pas moins consommée... A ces derniers mots, » ses pleurs coulèrent en abondance; mais se reprenant: » la haine d'un parti stupidement cruel envers les Bour- » bons, n'était qu'une opinion, une animosité. On ne » prit ni le tems d'une assemblée générale que la » France avait le droit de convoquer, encore moins du » suffrage universel. Cette fraction de la chambre élec-

---

(1) Ancien rédacteur de la *Gazette de France*.

(2) Qualification honteuse donnée à Mme la duchesse de Berry par les folliculaires *salariés*, indignes du nom de journalistes. Écoutez-moi, messieurs, écoutez-moi: *Fortuna belli semper ancipiti in loco est* *.

* Le sort des combats est toujours incertain.

» tive, représente la branche aînée comme l'ennemie » du peuple ; elle prétend qu'il fallait arracher l'arbre, » en couper les racines. Était-elle en état de penser » toute seule? assurément non. Elle fit voir que la pas- » sion inspirait ces votes, aveuglait les amis de cet » autre Philippe ,

Rebelle, etc., etc., etc. (1)

» De telle sorte que bien loin de prendre les intérêts » de la monarchie, elle voulut concourir à sa ruine, » en appelant un chef de son choix, qui, sous prétexte » de favoriser les héros de juillet, trouve bientôt le » moyen de les subjuger..... Le duc d'Orléans n'était » point un aigle, un conquérant! *Bras dessus, bras* » *dessous avec les partisans de l'égalité,* il envoie la plu- » part d'entre eux planter son drapeau en Afrique, » avec ordre de ne revenir en France qu'avec la vic- » toire de Constantine, etc. etc., au profit de MM. les » Anglais.

» Le Macédonien français est prudent ; il est per- » suadé que la honte consiste, non à s'entendre dire » des injures, mais à s'exposer témérairement, et à » abandonner le parti le plus sûr pour se livrer aux » hasards. Il refuse constamment la guerre, et de- » meure ferme dans sa résolution de ne point combattre » l'influence d'Albion. Caroline de Berry eût pensé au- » trement.

» Le coup-d'œil du pouvoir des barricades est admira- » ble ; il n'a rien oublié de ce qui pouvait le défendre...

(1) Philippe II.

» S'il était forcé de capituler un jour, de quitter le pa-
» lais des rois, pour le rendre à mon fils, ce serait à
» condition qu'il ne lui serait fait aucun mal.

» Il serait malheureux pour l'époux de la sœur de
» mon père, et pour l'honneur français, d'être forcé
» d'attendre les premiers succès des étrangers, avant
» de se mesurer avec eux :

Le voilà révélé cet horrible mystère !

» Son pouvoir caresse une troupe de mécontens,
» sous prétexte d'en imposer aux républicains, aux lé-
» gitimistes... Croirait-on que ses plus ardens parti-
» sans, le croirait-on, sont livrés à la rigueur des lois
» d'exception... Pourtant, il n'est monté sur le trône
» que par leur puissance, que par leur protection. »

La mère de Henri V ajoute encore : « Oui, tout ce
» que j'exprime, je l'éprouve en ce moment. Je vou-
» drais être Louis-Philippe d'Orléans, non pour ré-
» pudier ma famille, *mais pour la rétablir :*

Accordez cette grâce à Rome, à vous, à moi ;
Vous vous imposerez une fort douce loi ;
César s'en souviendra, j'ose ici vous le dire,
Et vous assurera à jamais votre empire (1).

Je restai confondue de voir la dignité royale à l'ombre d'un gouvernement populaire, ne cherchant point à sortir de l'embrasement comme elle pourrait, ni à se sauver au travers des flammes, cherchant au contraire à se frayer une route pour éteindre l'incendie (quoique environnée de toutes parts) :

---

(1) *Arioviste.*

Men are we, and must grieve even when the a shade of wich once was great is passed away (1).

Nos ames se communiquaient (car l'ame franchit toutes les distances). L'admirable princesse peint le tableau de nos désolations, et le *Moniteur*, ni le *Journal des Débats*, ne nous en ont rien dit.

Ma surprise fut au comble lorsque je distinguai la vieille et jeune France unies par un traité céleste (2). Elles se disaient : *Ils insultent à la fidélité, ils se vantent de leurs parjures.* Je remarquai le père de la Charte de 1814, appuyé sur le bras droit du Béarnais ; il désignait de l'autre, l'endroit où nous étions.

A cet aspect, Mme la duchesse de Berry se trouble ; la première émotion passée, elle fut à la rencontre des chefs de sa maison : les ombres qui l'environnaient lui servaient de cortége.

« Approchez, lui dit Henri IV ; venez, ma fille, il n'est » pas impossible d'écarter les sombres nuages et de » dissiper les ténèbres qui couvrent votre avenir..... » Le génie du mal *vient de vous atteindre*. Je plains » l'auteur de vos maux. Il irrite les peuples ; il écarte » ses propres partisans, et sera abandonné et rejeté » du continent européen. (Charles X et ses fils!) *Le » ciel qui a les yeux sur eux ne prendrait-il pas leur » parti* (3)? Vous resterez à Louis-Philippe, Caroline » (*cet accord sera blâmé*) : c'est une initiative à la paix

(1) Nous devons nous affliger de voir disparaître même l'ombre de ce qui fut grand autrefois. W***.

(2) Courage, généreuse France! courage!.....

(3) *Macbeth.*

» du monde. Votre amour pour sa famille et le bien gé-» néral, imposent à la vengeance cet oubli généreux. »

Louis XVIII reste doublement étonné de la tranquille sécurité du père des Bourbons, envers la branche cadette : « *Oui, je vois les mêmes causes, je crains justement les mêmes effets...* Les dogmes des pères n'ont » rien que de conforme aux principes de créance des » enfans. Sous mon règne la puissance de la domination » forçait à la soumission de l'esprit; on n'eût osé flatter » ouvertement la rebellion couronnée. Je comprends » que l'on rejettera sur une force supérieure dont il » n'a pas été possible de se défendre, les conséquences » de la royauté de juillet : l'ardeur sous la feinte timi-» dité. Il se pourra que l'habileté de certains diplo-» mates en imposera à la majorité de Henri V; mais » je ne répondrais pas que, dans un tems plus oppor-» tun, on n'en vînt à une seconde action.

Vous voulez qu'un perfide ait encor des vertus.

Le Béarnais vit trop de zèle dans le discours du frère de Louis XVI, et trop de solidité dans ses raisonnemens, pour se refuser à ses conseils. Il eût voulu faire consentir le neveu de Louis XIV, à une épreuve, s'en promettant un succès heureux. (*L'empire de la raison est si puissant en France!*) « Vous avez pu traiter avec » Brissac, pardonner à Mayenne, jouer aux cartes avec » la furieuse Montpensier..... et n'avez pu échapper » (*malgré votre clémence*) au couteau d'un Ravaillac!!! » On assure que d'Orléans, pour conjurer une entière » défaite, se défendra jusqu'à son dernier soupir. « Il

» aimerait mieux s'arracher la vie à lui-même, s'écrie » un soldat de Jemmapes! *plutôt que de la tenir de » la grâce de ses ennemis. A cet effet, il fortifie ses » villes*, etc., etc. » Ces paroles, prononcées d'un ton solennel, n'excitèrent qu'un médiocre intérêt. « Ton » zèle va trop loin, reprend Henri IV, avec feu; l'hé- » ritier du prince régent devrait chercher, au con- » traire, le moment favorable de se déclarer en faveur » de *l'héritier de Louis XV* (1). Alors s'accomplirait la » prophétie de saint *Cézaire* (2); le sceptre ne sortirait » point de Juda.

» — La politique du siècle est germanique, reprend » vivement la Sémiramis du Nord; à la maison seule » de Romanoff appartient le droit de s'interposer entre » la Prusse, l'Autriche, la Hollande, le Piémont, l'Es- » pagne, etc., etc.; l'empereur Nicolas partage aussi » la magnanimité, la grandeur d'ame et la générosité » d'Alexandre, il protégera l'orphelin, et contractera » une alliance avec le roi de France.

» — Tout changera donc de face pour mon fils! dit en

---

(1) Lettre de Louis XVIII au duc d'Harcourt, son ambassadeur à Londres. « Je m'empresse de vous faire part, monsieur le duc, de la satisfaction » que j'éprouve d'avoir pu exercer ma clémence en faveur de M. le duc d'Or- » léans, mon cousin. Sa respectable mère, cette princesse vertueuse a été trop » grande dans ses malheurs pour recevoir, de ma part une nouvelle atteinte » qui aurait porté le désespoir et la mort dans son cœur. Elle a été l'intermé- » diaire entre son roi et son fils; j'ai recueilli avec sensibilité les larmes de la » mère, les aveux du jeune prince, que son peu d'expérience avait livré aux » suggestions d'un prince monstrueusement criminel. »

(2) « Un jeune prince captif recouvrera la couronne des lis, et il ne restera » que le souvenir des tribulations qu'on aura souffertes avant le rétablissement » de la chrétienté. » (*Liber Mirabilis*, pag. 55, 56, 57, 58.)

» soupirant l'infortunée Duchesse. Privée maintenant » de mes propres ressources, proscrite par une patrie » que j'ai adoptée, que j'ai tant aimée (*que j'aime encore*)! Caroline de Berry a voulu défendre les droits » d'un enfant, successeur légitime d'un trône !!!... » *En France, il y a de l'écho pour l'honneur!* En attendant l'heure marquée *où je paraîtrai ce que je suis,* » *ce que je veux être,* je voudrais m'éclairer auprès des » immortels. *On me retient captive*, on m'enlève mes » amis; l'acte d'accusation est dressé contre eux, est » dressé contre moi... Les *scribes* du juste-milieu ont » battu la bruyère : je m'étais dérobée jusqu'ici à » leurs poursuites... *un traître m'a livrée pour de l'or...* » Ma défaite ne peut que consterner mon parti, *mais* » *non le livrer au découragement.* Je reparaîtrai avant » peu sur la brêche, *oui! sur la brêche!* où j'espère » bien emporter d'assaut, *non les fortifications de Vincennes* (1), mais les vœux de tous les bons Français.

» Ce n'est point en marchant contre eux, en les défiant » à une bataille, encore moins en dominant ou renversant » ceux qui ont eu la faiblesse de proscrire, de chasser » ma famille. La mère de l'héritier d'un aussi bel empire n'est point énivrée de la puissance, ni aveuglée » par l'adulation; loin de venir attaquer Louis-Philippe dans son Louvre, *elle voudrait conquérir son*

---

(1) « Garde toi, ô mon fils! des canons de Vincennes; surtout quand le » triste sifflement de l'éclair viendra accompagner les sourds mugissemens du » tonnerre. » (*Apparition de S. A. R. feue Mme. la duchesse d'Orléans, à S. M. Louis-Philippe I*, pag. 43.)

» *cœur* et celui de ceux qui se révoltent au titre de su-
» jet. La poupre et la couronne n'auraient aucun attrait
» pour le pauvre Henri, sans l'amour de son peuple.
» Qu'il serait heureux si on pouvait lui dire :

Vous n'êtes plus captif, tous vos maux sont finis.

» Un seul homme de plus peut relever une nation ;
» l'enfant royal est, selon moi, la fortune de la France !
» (*Noble race de rois, ne vous abandonnez point, l'ave-*
» *nir aime à renouveler la face du monde. Laissez passer*
» *le vent de l'adversité* (1). Ici j'en appelle à la con-
» science de MM. Dupin, Odillon-Barrot, Lafayette,
» Arrago, Lafitte, de Talleyrand, à monseigneur le
» duc d'Orléans lui-même :

...... Français, daignez me croire,
En sauvant la patrie il faut sauver la gloire,
. . . .
. . . .

» S'il en était autrement, si mes vœux les plus chers
» étaient repoussés par la nation française, le préten-
» dant à la couronne de France, élevant la voix dans
» l'intérêt de la religion et celui de la monarchie, di-
» rait au lieutenant-général du royaume :

Hélas ! du sang des rois la source s'est tarie,
De la race proscrite il ne reste que moi ;
Fais bénir tes vertus, leur couronne est à toi ;
Que l'amour des Français légitime ton règne ;
Appui de l'opprimé, que l'oppresseur te craigne.
Sous le joug *d'Ebroïn* tes sujets gémissans
N'ont versé jusqu'ici que des pleurs impuissans :

---

(1) M. de Peyronnet.

Sur le trône, à ma voix, reste pour les défendre,
Quand ils seront heureux tu pourras en descendre (1).

Sur un tertre un peu élevé, on aperçoit un jeune homme d'une belle figure, dont les manières étaient simples et la physionomie spirituelle; sa pâleur et la tristesse dont toutes ses paroles et toutes ses actions étaient comme empreintes, éveillaient à-la-fois l'intérêt et la curiosité. Il me parut silencieux, mais sans dédain : on aurait dit, au contraire, qu'en lui la bienveillance avait survécu à d'autres qualités éteintes par le chagrin. Il n'attendait ni retour, ni profit pour lui-même de l'association éliséenne. Il s'arrêta sous l'ombrage épais d'un sycomore, et tourna ses regards vers la France, que Caroline de Berry venait de quitter : « Ma cousine, lui dit le duc de Reichstadt, recevez le » laurier du triomphe des mains du jeune Napoléon. » Comme Henri, je fus élevé à l'école de l'exil, con- » traint d'abandonner la vie et de voir de généreux » efforts demeurés sans effet..... (1). Je vous lègue le » soin de protéger, de consoler ma famille; le sceptre » tombera à la fin entre les mains du plus digne. Ainsi » donc, *attendez tout du tems*; gardez-vous des vaines » promesses, et tenez pour certain qu'un royal proscrit » apparaîtra beau comme l'espérance! Comme la co- » lombe, il présentera le rameau d'olivier après le nau- » frage... » Il dit, et Mme la duchesse de Berry hasarda

(1) *Le Maire du Palais.*

(2) Celui qui possède un secret et qui l'apprécie, est toujours en garde contre lui-même.

alors de lui demander à voix basse, et avec l'expression d'une profonde douleur, quelle serait la suite de sa captivité (1) et des tentatives aveugles ou criminelles des ennemis de la monarchie... Il se penche vers elle et lui décline en grec le mot *d'une sanglante énigme*.....

Lors on vit paraître, dans des chars étincelans d'azur, les premiers potentats de la terre. Déjà l'illustre captive de Blaye parcourait les îles Fortunées, pour découvrir l'étoile où brillait son époux..... De loin on l'entendait se dire :

Prospérité trompeuse! ô séjour trop fatal!
Que n'ai-je, sans éclat et sous le ciel natal,
Achevé mes destins, dans l'ombre ensevelie!
O champs du Milanais! ô ma chère Italie!
Près du trône de France un moment j'ai brillé.....
Je retourne vers toi le front de deuil voilé.
Venez-vous à mes maux présenter quelques charmes?
Accordez-vous enfin la vengeance à mes larmes?
L'ombre de mon époux accompagne mes pas (2).

---

(1) Tout changera en un clin-d'œil. Les jours de la captivité sur une terre qui se connaît en héroïsme, peuvent couronner l'adversité. L'honneur ne saurait-il amener la jeunesse française à répéter avec M. de Châteaubriand :

Votre fils est mon roi!

Nous vivons dans un siècle où rien n'est impossible. (*Note de l'Auteur.*)

(2) *Valentine de Milan*, acte Ier, scène IV.

LA CLÉ DES CABINETS EUROPÉENS.

Seigneur, des ennemis les nombreuses cohortes
S'avancent en bon ordre et sont presque à vos portes.
Tout présage la guerre et des malheurs nouveaux.
(*Andromaque.*)

L'un a vendu l'état, l'autre l'a racheté.

A l'aspect des puissances revêtues du sceau de l'immortalité, plusieurs ombres ne purent retenir leur émotion, en songeant que si elles eussent vécu en 1830, l'Europe jouirait d'une longue paix. « Tous ces événe- » mens ne seraient arrivés, disait George IV à Jean VI, » roi de Portugal. Vos deux fils mériteraient de devenir » sujets, et votre royaume confisqué au profit d'*Albion.* » *C'est ce qui adviendra.* Que don Miguel l'emporte sur » Don Pédro, il n'en est pas moins vrai que nous chas- » serons de l'ancienne Lusitanie le protecteur qui n'y se- » rait entré que pour le malheur de la nation portugaise, » et de là porter ses prétentions sur l'Espagne, etc. » — Je me réjouis de l'acte de Francfort, repre- » nait le gros roi de Wurtemberg, qui n'avait rien » perdu de sa rotondité; je m'en réjouis! Mon fils Guil- » laume, avec son courage plutôt qu'avec sa constitu- » tion, se distinguera par ses hauts faits!..... — Cher » Léopold, poursuivait la princesse Charlotted'Angle- » terre, garde-toi d'une humiliante démarche à l'effet

» de conserver un diadème..... » Elle dit, et l'Anglais ajoute : « L'histoire fera voir les suites fatales d'un » hymen dont l'unique étude fut, dit-on, la politique » anglaise, *jointe au noble désir de contribuer au bonheur* » *des Belges.* » A ces mots, l'ex-héritière du trône d'Angleterre changea aussitôt de langage; elle porte la parole et répond : « Puisse la tranquillité de la fille » bien-aimée de Louis-Philippe d'Orléans *n'être jamais* » *troublée en Belgique*, etc., etc. Une lueur d'espé- » rance lui fait rechercher un appui dans Léopold; » qu'elle craigne chaque jour..... appréhendant moins » les forces de la Néerlande que l'inconstance naturelle » de ses sujets....... *peut-être même de celui!!*....... » Alors, entraînée par l'excès de sa douleur, elle exhorte Georges IV à inspirer à son époux *la constance des souvenirs*....... Elle dit : « Je connais l'heureux rival du » prince d'Orange; il serait désespéré d'avoir laissé » perdre la victoire dont on l'aurait flatté, *en laissant* » *échapper un ennemi qu'il était sûr de vaincre.*

Paix! paix! taisez-vous; regardez, il vient encore (1)!

» Pour répondre à la haine juste et universelle que » tous les peuples portent aux révolutions, il faut que » l'Allemagne ait une armée nombreuse composée » d'une jeunesse florissante, patiente dans les fatigues, » prompte à obéir, et ne cédant pas même en courage » aux anciens Germains. Que la Bavière soit sur l'é- » veil; on ne peut rien ajouter à l'affection que les

(1) *Hamlet.*

» troupe avaient pour l'ancien roi. Son successeur » doit marcher sur ses traces. Il faut du zèle pour » soutenir Bade dans la triste circonstance où le du- » ché va se trouver. On y réunira de grands efforts, » de même que dans les treize cantons; le Nord est en » délire, il menace à-la-fois Byzance et la Gaule cel- » tique... La Prusse ne peut perdre la mémoire, la » connaissance et la raison. Le Midi est sur un volcan; » ce volcan ne peut tarder de faire explosion, non loin » des Pyrénées. Pauvre France! vous pourriez éviter » des dangers bien plus grands que ceux où vous vous » trouvez... Rappelez *la branche aînée des Arsacides*, » non *soutenue de l'autorité des Romains*, mais de la » vôtre seule. Que vos récens malheurs vous instruisent » du peu de foi que l'on doit faire sur les promesses » d'une royauté insurrectionnelle. *Voyez le sort de la* » *Pologne, de l'Italie*, en vous retraçant quel fut celui » du Bas-Empire, pensez qu'il peut devenir le vôtre. » La cause de la légitimité est celle de tous les rois; » elle doit les porter à s'aider dans la vengeance du » crime de leurs sujets, qui peut autoriser tous les » peuples à s'élever contre leurs souverains. Ainsi » s'exprime avec attendrissement le sauveur de Pa- » ris (1).

Durant ce monologue éloquent et instructif, j'avais remarqué Napoléon pressant sur son cœur le fils de Marie-Louise : « Qu'attends-tu donc pour déclarer que, » sans ce coup imprévu, l'héritier de ton nom eût porté

---

(1) L'empereur Alexandre.

» loin l'éclat et la gloire de l'empire français, on lui eût » dressé des arcs de triomphe sur le chemin de Paris, » pour en aller rendre de pompeuses actions de grâces » à la métropole, et venir ensuite récompenser la fidé- » lité des deux cent dix-neuf, de funeste mémoire.....

» Rappelez mon petit Écossais, tel est le vœu du » Béarnais! Henri V de France fera feu de son arc, et » vengera l'affront de Henri V de Lancastre (1)...Ainsi, » toutes les illusions s'en vont, la grande nation mar- » che à la conviction de cette vérité :

Les Français égarés vont retrouver leur maître ;
Coupable, incline toi, ton juge va paraître.

» Celui qui gouverne le plus bel empire du monde, » croyant se garantir de ses rivaux et de ses ennemis, » conservera auprès de sa personne, *un perfide, un* » *Deutz, plus cruel et plus dangereux que tous ceux qu'il* » *aura appréhendés*. Sa seule douleur est de voir qu'une » femme a montré un courage sublime, surnaturel; » qu'elle a appris à mourir. Heureusement cette même » femme peut le sauver... et voudra le sauver (2)...» Ainsi parle Henri IV à l'auguste congrès.

Au milieu d'un temple de Janus s'élevait un trône, sur lequel était la statue de Mars. Tous les rois, suivis de leurs généraux, s'en approchèrent avec dignité et respect; ils mirent à ses pieds des aigles, des ensei-

(1) Henri V de Lancastre se rend maître de Paris. Il est proclamé roi par le traité de Troie. Vaincu par Jeanne d'Arc, le nom de l'Anglais fit gronder la tempête sur la France. Ne se pourrait-il qu'un autre Henri V ne vînt calmer l'orage?....

(2) La chance la plus probable est encore inconnue.

gnes et des faisceaux. Le casque d'or de l'héroïne française frappe tous les regards. La multitude des vieux guerriers de Napoléon arrive de toutes parts. Le grand capitaine s'écrie d'une voix fortement accentuée : « Maintenant que le fils de l'homme est au rang des » immortels, je viens plaider pour celui d'Androma- » que, entendez-vous, messieurs. La France a besoin » de gloire et d'une constitution sagement raisonnée. » Il parle ainsi à cette foule d'illustres grognards, tous vêtus d'éclatans uniformes, les schakos couronnés de laurier : la plupart d'entre eux portaient l'insigne des braves, ayant des rameaux à la main. Les maréchaux français déposèrent le leur aux pieds du vainqueur de la ligue. Dès-lors, tous les souverains déclarèrent d'une voix unanime :

« Que la valeur et l'espérance sont les seuls appuis » du trône; qu'il faut faire usage de ses ressources » tant qu'il en reste encore; la force tient lieu de jus- » tice pour les rois; les desseins de la fortune sont » impénétrables; il est glorieux aux têtes couronnées » d'aspirer à tout : *les princes divisés pourront se réu-* » *nir.* »

Arrêtée vers un quinconce voilé par des touffes d'arbrisseaux variés. Je vois des tulipiers en fleur d'une beauté rare; je m'arrête à les contempler, et descends dans des contre-allées si étroites qu'à peine deux personnes peuvent s'y promener de front. Une humble fille de Thérèse, le bras nonchalamment appuyé sur des touffes de pensées, élevait en silence ses regrets vers le ciel; ses yeux où sont peints l'amour de la religion et la tristesse de son ame, paraissaient contrits. A peine restée quelques instans dans cette attitude, qu'on voit les nuages de son front s'éclaircir par degrés, et son visage éclatant de grâces et de majesté. La victime d'un amour malheureux et sans reproches, disait d'un ton plein d'assurance et de grandeur d'ame aux génies supérieurs qui l'environnaient :

« Charles m'aimait; je reçus ses sermens. Au mo-
» ment où je me plaisais à croire que le destin couron-
» nerait mes vœux, la cour de France en jugea autre-
» ment; dès-lors je voulus renoncer au monde; mon père
» s'y opposa. Je versai des torrens de larmes, et frap-
» pée soudain d'idées les plus sinistres, je me disais :
» Hélas ! si la fortune venait à le précipiter, la hauteur
» dont il tomberait lui préparerait une chute plus dou-
» loureuse et plus profonde. Pauvre Charles ! que de
» sermens, de protestations de fidélité tu reçus depuis
» la mort de tes frères, *si souvent, si audacieusement*
» *violés*. De vains hommages, le tout n'a duré qu'un
» instant, et les regrets devaient se terminer par rem-
» plir la capacité de son cœur.

Et remarquant le duc de Bourbon à quelque distance, qui parlait avec dignité et modération avec MM. Manuel, Benjamin Constant, Lamarque, etc., etc., elle ajoute :

» La prudence avec laquelle Louis XVIII a gou-
» verné, pouvait élever l'édifice d'un bonheur durable,
» et rétablir nécessairement le crédit en France. Il eût
» consolidé le sommet du pouvoir qui sert de base, et
» cela sans donner plus de voiles au vaisseau. S'il eût

» vécu deux lustres en plus (1), mon cousin le duc d'Or-
» léans n'eût point hasardé sa réputation... Il jouirait
» de la considération du monde terrestre, et s'assure-
» rait la possession de l'autre :

Reddite depositum, pietas fœdera servet (2).

L'homme a besoin de si peu, et pour si peu de tems! qu'il devrait se prédire à lui-même son avenir, et s'essayer de rêver en silence sur le sombre rivage d'une mer inconnue.

Malheureusement depuis son triste règne les temples du Très-Haut ne sont pas plus respectés que les institutions religieuses. La licence et la cupidité, dépouillent le sanctuaire aussi bien que les châteaux et chaumières (3), et jamais, depuis les terribles époques de nos révolutions, on n'avait ressenti aussi vivement en France, les effets de l'avarice, de la barbarie et de l'impiété.

» Il serait à craindre qu'on ajoutât l'insulte à la mau-
» vaise plaisanterie envers les vierges consacrées au
» Seigneur; que le monument expiatoire du temple (4),

---

(1) Dix ans.

(2) Rendez fidèlement un dépôt, et observez fidèlement vos conventions.

(3) « Malheur à vous qui établissez des lois injustes, et qui faites enregis-
» trer des édits qui autorisent l'iniquité, dont le but est d'opprimer le pauvre
» avec apparence de justice, et de faire céder à la violence le bon droit des
» humbles et des petits de mon peuple, afin que les vaincus deviennent la
» proie de ceux que les lois autorisent, et qu'il soit permis à ceux-ci de piller
» les pupilles et les faibles! Que ferez-vous au jour de la vérité et de la re-
» cherche, et lorsque la calamité qui se prépare de loin viendra fondre sur
» vous? de qui implorerez-vous le nom? et que deviendra votre force, votre
» puissance et votre gloire? » (Isaïe, ch. X, v. 1, 2 et 3.)

(4) « Il sera élevé un monument durable qui attestera à la postérité la plus

» élevé pour retracer à nos neveux la plus touchante,
» comme la plus haute infortune, ne soit pas même
» épargn é:

O crime! ô trahison! ô feinte déplorable!
. . . . malheureuse Lutèce. . . . .
Frémis de ton destin! . . . .

Le calme et la sagesse de Mme la princesse de Condé établissaient un contraste singulier avec la véhémence, la vivacité d'esprit de Mme la duchesse de Bourbon. Celle-ci discutait hautement sur les funestes destinées de la France!...

A sa voix, à son geste, à son regard, les immortels se rapprochent, les sylphes voltigent sur les nuages qui s'abaissent, et la reine des somnambules (1) s'écrie dans un accent prophétique:

Entreprends par toi seul un projet généreux.
Pour finir cette guerre et rendre un peuple heureux,
Aidé par des Français, guidé par la prudence,
Viens de tes vrais tyrans abattre la puissance.

» reculée les vertus et le martyre de Louis XVI, et la perversité du siècle où
» il vivait.

« Nos arrière-neveux se diront: « C'est sur cette place où le plus juste des
» monarques fut renfermé dans une tour avec sa femme et ses enfans. Tous
» y furent abreuvés d'humiliations et livrés aux plus cruelles amertumes.....
» Voici le lieu où un roi de France but le calice de la douleur jusqu'à la lie.
» Mais l'Esprit Saint lui inspira un testament sublime: à l'exemple de notre
» divin maître, il pardonna à ses ennemis. » (*Souvenirs Prophétiques*, page 590, Paris, 1814.)

(1) Mme la duchesse de Bourbon avait une foi parfaite dans le somnambulisme. Cette princesse instruite, aimait à converser, et s'appuyant sur la philosophie pour faire comprendre l'estime qu'elle avait pour les philosophes, elle les traitait avec une sorte de familiarité qui leur laissait toute liberté d'émettre leur pensée.

Des plus brillans succès Philippe est assuré
S'il rappelait Henri avec la liberté.
Ou sinon. . . . . un déplorable exemple !
. . . .

» Cette pensée, trop active pour mon repos, me » tourmente sans relâche; me fait trembler d'effroi... » Je gémis à l'avance sur les débris épars de son bon- » heur, les noirs chagrins l'assiègent; il n'attend pas » l'orage pour s'alarmer sur son sort. *Le calme est » plus menaçant que la tempête.... L'adversité, comme » un créancier sévère, s'apprête à demander les intérêts » accumulés de ses délais, elle fait de la prospérité pas- » sée un fouet déchirant qui rend le sentiment de l'infor- » tune plus poignant et plus cruel* (1). »

» La feinte sécurité dont on jouit au palais des » Tuileries, ne saurait-elle jeter un éclat sinistre..... » Le tems a le secret où la France saura bien ce que » vaut une royauté populaire, le règne du fils de mon » frère ne serait que de peu de durée (2)? Le vaste » naufrage qui se prépare (car la persécution fortifie » les hommes loin de les décourager), pourrait offrir » à un neveu *que j'aime*, un terrible réveil! Le grand » jour de la brillante revue, Louis-Philippe fut l'objet » de l'envie, *un pas de plus, il était dictateur*. Le len- » demain on réfléchit aux funestes journées des 5 et

(1) Young.

(2) Sept ans sera Philippe fortuné prospère;
Rabaissera des barbares l'effort;
Puis son midi perplex rebours affaire,
Jeune Ogmion abismera son fort.
(Centurie IX, quat. 89. Nostradamus.)

» 6 juin : les vaincus furent l'objet de la compassion ; » des larmes de sensibilité coulèrent sur les tombeaux, » l'on regretta le sang français versé par des Français, » et le portrait du vainqueur n'a presque aucune res- » semblance avec celui de la veille ; il est chargé d'om- » bres, et la raison s'en épouvante. »

Obstruée de tous côtés par des murs de charmille, de magnolia (1) dont la hauteur ne laisse aucun passage, soit aux rayons du soleil, soit à l'influence des vents, « Je marchais sur la triste fleur l'*ancolie*, dont le front » courbé et meurtri se penche vers la tombe. » Parvenue au faîte d'une éminence, je la gravis avec certain plaisir ; elle me ménageait de nouvelles jouissances. Je distinguai un palais magnifique, décoré de couronnes ; la porte du milieu vint à s'ouvrir. L'Histoire, sous la figure de la Renommée, apparaît ; elle précède des bataillons nombreux ; les drapeaux européens flottaient entre leurs mains. Une musique guerrière ouvrait la marche ; ils disaient hautement : « Nous ne trouverons » plus d'obstacles à nos conquêtes ; Mars les poussera » aussi loin qu'il voudra : *la guerre est déclarée* (2)... » On protégera le faible contre le fort, car le dios de » la politique européenne, *en a fait le serment.* »

L'histoire élève la voix, et leur crie : « Ceux qui ont » soufflé la sédition, où qui l'ont soutenue avec le plus

---

(1) Arbre tulipifère d'Amérique.

(2) L'Oriental sortira de son siége,
Passer les monts Apennois, voir la Gaule ;
Transpercera du ciel les eaux et neige,
Et un chacun frappera de sa gaule. (Cent. II, quat. 29 N***.)

» d'opiniâtreté, ne verront point bouleverser de fond » en comble leurs héritages, ni graver sur des colonnes » et des obélisques des noms qui rappelleraient à leurs » neveux la sévérité de leur punition : ce sont des en- » fans égarés, leur père leur pardonnera... Cette race » royale de France, qui dans un cercle de feu, retrouve » la vie sous le poignard, conservera intacte sa réputa- » tion d'honneur et de bonté ; mais la justice au pied » boiteux, comme le dit Horace :

Raro antecedentem scelestum deseruit pede pœna claudo (1).

» Atteindra les plus coupables d'une main trop douce, » à la vérité, si on le met en comparaison avec les lar- » mes et les soupirs que leur administration à coûtés à » tant de malheureux (2). »

Je me rapprochai insensiblement d'une volière ombragée de soucis. Quelle impression devait produire sur moi la vue de milliers d'oiseaux, qui, pour la plupart, présentaient des formes humaines. Les perroquets surtout, révélaient les secrets du parti d'Orléans. Ici Mme la comtesse de Genlis, historiographe des champs éliséens, me parla de son auguste ami, et de sa sollicitude pour de nobles exilés... « Il me tarde, se » dit-elle, de voir ce que deviendra cette Caroline de » Berry. Cour déserte aux Tuileries... Commencement

(2) Rarement la peine au pied boiteux abandonne le sélérat qui fuit devant elle.

(1) « Ceux qui lèvent des tributs ont dépouillé mon peuple ; et pourquoi » accablez-vous mon peuple ? pourquoi écrasez-vous les pauvres ? dit le Sei » gneur Dieu des armées. » ISAÏE.

» de mort au sein de la vie, Grandeur, bonheur, es-» poir!... L'héritier du feu duc d'Orléans ne saurait » oser *opposer son véto* à cette révolution importée » d'outre mer... MM. de Talleyrand, de Metternich, » jouerez-vous constamment au jeu de bascule avec le » ministère anglais? Lord Grey est-il invulnérable? du » reste, amant passionné de la belle Normandie, doit-il » imposer ce triomphe à *l'orgueil d'Albion*! Allons, le » ciel m'inspire et je dois tout oser. Elle dit, et madame » la comtesse de Genlis, transformée en un amour syl-» phide, bat ses ailes légères (chevauchant sur *Aba-» tos*, cheval de Pluton), elle voyage dans le pays des » illusions... Les songes, enfans du sommeil, la diri-» gent vers les régions européennes. Elle fait le saut » de *Leucate*, franchit le fossé de *Fontaine-Vauban*, » pour rendre le repos à son fils adoptif...

» Mme la baronne de Staël différait d'opinion avec la » muse française! Pourquoi porter le trouble au mo-» ment où le calme est si nécessaire. J'ai salué avec » trop de bonheur la restauration des Bourbons, pour » me convertir aux événemens de juillet. En ce cas, » défendant les propres intérêts de l'illustre élève de » l'auteur admirable, je me dirais : *les ruines de Pal-» myre aboutissent à des sables*, et rappellerais à sa ma-» jesté citoyenne ce que le roi de Navarre répondait à » Pecquiny :

Sortez, vous le devez, de ces routes communes
Où des mortels grossiers se traîne la fortune;
D'une cause sacrée illustre défenseur,
Combattez, renversez un pouvoir oppresseur;
De vos antiques lois relevez l'édifice,
Sans que peine, péril, scrupule, sacrifice,

Vous détourne un moment de votre grand dessein :
Envisagez le but et jamais le chemin :
Fondez la paix publique, et sûr de les confondre,
Laissez à vos censeurs votre gloire répondre.
Mais vous n'en verrez point s'élever contre vous ;
Et par les grands bienfaits les grands torts sont absous.

Je me trouvais alors au milieu de mes plus chers adeptes. Il s'éleva aussitôt une discussion générale ; chacun d'eux voulait m'interroger... Sous un pérystile, dont la forme antique m'était inconnue, l'impératrice Joséphine, accompagnée du prince Eugène, s'offrit à mes regards. Elle lisait attentivement les mémoires de sa vie, écrits par moi, et me félicita sur leur véracité (1). A droite, à gauche, je comptais une enfilade de dix-neuf fois quatre-vingt-dix-neuf colonnes doriques, dont les chapitaux et les bases sont d'un travail précieux. Je ne pouvais faire un pas sans recueillir des avis ou des souvenirs de reconnaissance. Sur les marches du grand escalier qui conduit à la salle de réception des dieux, je m'inclinai avec respect devant les ducs de Richelieu, de Montmorency. MM. de Seize, de Malesherbes, causaient avec Louis XVI. La princesse de Lamballe accompagnait la feue Mme la duchesse douairière d'Orléans. La vertueuse princesse daigna m'encourager dans mes travaux scientifiques et littéraires. Elle dit : « Mon apparition à mon » fils (1) était un devoir ; sa publication a pu sou-

(1) S. M. l'empereur Alexandre a daigné agréer la dédicace de cet intéressant ouvrage devenu européen.

Une singulière et véridique prédiction sur l'avenir de la France s'y trouve consignée.

(2) *Apparition de S. A. R. feue Mme. la duchesse douairière d'Orléans, à son fils Louis-Philippe Ier.* Paris, 21 janvier 1832.

» lever l'indignation, *mais non exciter la vengeance!* » Ce n'est point une harangue de Catilina, mais » l'œuvre d'une conscience française (1). Du haut » de la position la plus brillante, ne peut-il tomber ? » Sa résistance est inutile!... Livrez donc aux ennemis » de la patrie un nouveau combat; poursuivez-les, » maillotins, de nuances diverses : *on sait tout.* Sou- » tenez la cause de Mme la duchesse de Berry; l'infor- » tunée a tant souffert : *elle souffre encore!* Parlez au » cœur de mon fils, de ma fille Adélaïde; ne craignez » rien; on se taira :

L'ennemi qui menace est le moins redoutable;
Il en est..... de secrets.....

Elle ajoute avec une bonté parfaite : « Mademoiselle » Le Normand, si une procédure s'instruisait contre » vous, *si la captivité devait s'ensuivre*, on admirerait » votre courage, et l'*Arrêt des Dieux de l'Olympe* re- » cevrait la sanction de l'immortalité! »

Les sommités des champs éliséens sortaient d'une

---

(1) « La main qui porte le sceptre français ne présente aux autres cabinets » que de très-faibles garanties : vous pouvez tomber, Louis-Philippe ! le mot » fatal est prononcé! faites en sorte que ce soit dans un autre sens que l'a- » mant de la gloire. Les Anglais se vengèrent cruellement sur lui du protec- » torat impérial. Le roc de Sainte-Hélène est une leçon pour vous.

» Épargnez donc à la France de terribles perturbations, *et rendez à César* » *ce qui appartient à César*. Alexandre, vainqueur de Darius, protégea sa » famille : un Bourbon ne peut renier la sienne. Le coq français doit-il flé- » trir le lis?

Mais qu'entends-je! quelles sont ces alarmes?
C'est la voix de la guerre unie au son des armes.
Le bruit redouble, approche ; on peut être surpris..... *.

* *Conseils de feue Mme. la duchesse douairière d'Orléans à son fils Louis-Philippe Ier, roi des Français.....*

immense galerie dont les portes, en glaces diamantées, réfléchissent l'assemblée de l'Olympe. Tandis que je passais en revue une foule de diplomates qui discutaient sur le mérite d'un gouvernement sage et modéré, M. Canning leur soutenait « qu'il n'était pas facile de » prescrire des lois à un peuple éclairé; en effet, ajou» tait le prince de Hardemberg, rien n'est plus difficile » à gouverner que l'homme qui se croit libre, à qui la » fortune rit, comme rien n'est plus admirable à con» duire, qu'un peuple trompé, victime d'une invasion, » et ne se sentant pas en état de se défendre contre une » coalition formidable qui a résolu de le dépouiller, » et de changer la forme de son gouvernement. Alors » il en appelle au bon sens, à la prudence, à ceux qui » l'ont gouverné avec sagesse, et qui lui ont appris » que l'on ne gagne rien à soutenir les avares ou les » plus ambitieux.

D'un coup victorieux tu crois m'avoir frappé?
Je ne reconnais point un pouvoir usurpé,
Établi sur le crime et sur la violence :
Despotisme cruel qu'érige la vengeance.
Au milieu des brigands si le sort m'eût jeté,
Me serais-je soumis à leur autorité?
Et bien, tyrans, la vôtre est-elle mieux fondée?
Est-il un citoyen d'ame assez dégradée
Pour fléchir devant vous, hommes vils et pervers!
C'est pour vous, pour vos fils, que vous forgez des fers (1)!

L'expérience de l'humiliation et du danger commun l'emportera toujours sur de feintes largesses et d'insipides éloges..... Je gage que c'est le Nestor européen

---

(1) *Agis.*

T*** qui portera la parole au nom de la France, et complimentera Mme la régente sur les honneurs décernés à son fils !...

A l'instant la Renommée ordonne « que le jour d'une » telle victoire sera célébré à jamais; que la statue de » la Paix sera placée dans le temple de Minerve; enfin, » qu'on épuiserait sur les restaurateurs du bien public » tout ce que l'on peut imaginer d'honneurs, de titres » glorieux et de priviléges qui serviraient à embellir » leur vie, pour s'ouvrir une carrière de gloire dans » l'immensité qui est leur domaine. »

L'auguste assemblée, décorée de trophées, et portant le blason des divers états, remit devant le sénat français, d'une manière convenable à sa dignité, le vieil écusson des Bourbons; *le coq gaulois en était disparu.* « Arrê- » tez, arrêtez! s'écrie le général Lamarque, un signe » de Lafayette fait chanter le réveil! — Oui! reprend » l'Histoire, je lui conseillerais maintenant de le laisser » dormir, *Abeillon* (1) le commande. Son expérience, » sa réputation, ses amis devraient l'arrêter et lui re- » présenter qu'il est tems pour sa gloire de réparer » une erreur, prononçant de son autorité privée à » Charles X *qu'il avait cessé de régner*. Ce mot, il est trop » tard, *ne pourait-il le répéter encore ?* ce mot fut indigne » de l'ami des Deux-Mondes. Je conviens que malgré » son enthousiasme et l'exaltation de ses principes ré- » publicains, son cœur est sensible et généreux, mais » trop franc, trop noble pour avoir recours à la moin-

(1) Dieu des Gaulois.

» dre ruse, *même pour servir la cause à laquelle il s'est* » *consacré*. Si l'Angleterre aspire à goûter de la liberté » américaine, elle en est la maîtresse (*une troisième* » *révolution lui serait annoncée*). L'émule de Washing- » ton ne serait-il pas content de l'œuvre de 1830 (*rex* » *Francorum*)? l'émancipation des peuples lui doit beau- » coup! ne pourait-il accorder davantage. La France » attend un libérateur, non un Octave! O qui que tu » sois! moderne Bayard! viens empêcher la ruine de » Troie? quel est le Monck A. B. C. F. G. L. M. N. O. » P. S. T. qui *favorisera un retour suivi de garantie?...* »

Ici *Oromasine* prononce :

Tu seras son appui, guerrier cher à la France :
Oui, ce don solennel de la reconnaissance,
Cette épée en tes mains transmise par tes rois,
Et toujours consacrée à défendre leurs droits,
Est remise à ton bras pour ce soin redoutable;
Ce don sacré t'élève au rang de connétable (1).

L'Histoire reçoit le serment d'*Hazamiah*, protecteur des braves; elle le consigne dans ses annales scellées du grand sceau de l'Olympe. Alors, élevant la voix, elle évoque *Ariel*, Génie du célèbre Cazotte (2); l'om-

---

(1) *Jean de Bourgogne*, acte I, scène II.

(2) « Après un instant de silence, l'ombre de Cazotte touche ma biblio- » thèque qui s'ouvre d'elle-même avec violence. Elle retire de l'une des ta- » blettes l'*Histoire de Henri-le-Grand*, les *Révolutions d'Angleterre*, le » *Procès du malheureux Louis XVI*, et du doigt annulaire de la main » gauche *elle me fait remarquer le portrait de Guillaume III*, *gendre* » *de Jacques II*.....

» Après quelques instans d'un rapide entretien, l'ombre de Cazotte dispa- » raît, en me donnant la clef d'un nouveau mystère d'iniquité.....» (*Oracles Sibyllins*, page 180. Paris, 1817.)

Cette énigme paraîtrait *devinée* depuis 1830.

bre répond : « J'apparaîtrai au Forum au même instant » où la grande question de salut pour Mme la duchesse » de Berry sera agitée, où le premier ministre de » S. M. citoyenne et l'ami des hommes manifesteront » hautement leurs pensées... Heureux pour icelui, heu» reux pour la France, si l'un d'eux pouvait dire :

J'ai déposé ce fer inutile aujourd'hui,
Un autre m'est donné pour vous servir d'appui,
Il soutiendra vos lois, et vous-même et l'empire :
Voilà ce que l'honneur me permet de vous dire (1).

---

(1) *Clisson*.

LA FAVORITE DE SAINT-LEU.

Il n'est que trop, hélas! de ces femmes hardies
Qui goûtant dans le crime une tranquille paix,
Ont su se faire un front qui ne rougit jamais.

RACINE.

Entends-tu?

Et tout-à-coup Jupiter apparaît à mes yeux dans toute sa gloire, au milieu de ses satellites; son auréole répand des torrens de lumière; quatre-vingt-dix-neuf Atlas de forme colossale soutiennent son trône; les dieux et demi-dieux (*qui rendent des arrêts et non des services*) sont placés à sa droite; Hercule, couvert de la peau du lion de Némée, et armé de sa massue, en impose à la gauche, et Mercure, appuyé sur son caducée, n'attend plus que les ordres.

Une barrière en or éliséen défend l'enceinte où est élevé le temple diaphane, le siége des maîtres du monde. Ce temple est d'une forme asiatique; des vitres en diamant, encadrées dans des bordures d'émeraude et de topases d'Orient, éclairent le milieu circulaire, où des milliers de lampes antiques, suspendues hermétiquement, répandent à-la-fois les parfums les plus suaves et font jaillir une clarté céleste.

Les draperies qui décorent l'enceinte intérieure sont recouvertes en pierres précieuses, les tapis émaillés de riches broderies, de même que les siéges et divans. Tout présente un aspect agréable à l'œil, rien n'inspire l'effroi ; une collection de tableaux uniques retrace au naturel ce qui se passe ici-bas, et la voûte azurée fait réfléchir, dans des glaces d'un immense volume, les machinations des ambitieux mortels.

A peine *Abderus* (1) eut-il placé des couronnes sur des sarcophages ayant des bas-reliefs et des inscriptions touchantes, que j'aperçois deux figures d'hommes mourans sculptées par *Phidias* (2) ; l'un frappé d'un stylet, l'autre succombant à une mort moins héroïque.

Les deux victimes se retrouvaient sur les bancs privilégiés de l'Olympe ; le souvenir des peines passées se retraçait à leurs esprits, pour leur rappeler qu'ils partagèrent les dangers de l'exil, et l'amitié qui les unit dans leurs communs malheurs.

Jupiter se recueille un instant. Un signe de ce maître du tonnerre éblouit la cour céleste. La foudre gronde, et la royauté de juillet est mandée à la barre. Joraël remplit près de l'auguste tribunal les fonctions de juge accusateur.

Mme la Baronne de F*** apparaît dans une tribune où vingt-sept Cyclopes, commandés par *Acmonide* (3), veillent à sa garde. Vulcain, fils de Jupiter, surveille attentivement le dieu Mars... La belle accusée tient d'une main une lettre autographe qu'elle s'efforce de

---

(1) Ami d'Hercule.

(2) Statuaire grec.

(3) Cyclope infatigable.

faire parvenir à *l'amour détrompé*; de l'autre elle retient la bourse de l'avare.

La famille d'Orléans, sous un dais de velours pourpre, brodé en argent, nuancé de bleu, suspendu à une colonne de bronze, répondait à ceux qui l'interrogeaient : «Vous voyez briller des larmes dans des yeux que vous » avez chantés. » Un rideau de crêpe noir empêchait qu'elle ne pût communiquer avec la prisonnière de Blaye; le tissu qui voilait à leurs regards l'illustre veuve, était d'une finesse, d'une élégance recherchées, parsemé d'asmodèles suspendus à des lis.

Le silence régnait au milieu de cette imposante assemblée où Minerve préside; les ombres admises aux débats, palpitant d'espérance, attendent dans de pareils instans d'immenses révélations.

Je vais crayonner ce hardi tableau dans le vaste amphithéâtre où les peuples et les rois attendent leur arrêt. Tout est morne et dans l'attente. Les immortels privilégiés, que des siècles ont séparés du nôtre, se mêlent dans la foule.

«Mortels, préparez-vous au combat!» crie une voix éclatante qui perce les airs. « L'univers tremble de » nouveau ; on entend des gémissemens profonds; » on entend les enfers retentir au fond de ses abî» mes (1).

» S'il en est de coupables ici, épargnez à Joraël une » triste peinture. Ils la trouveront dans leur cœur, car » ce n'est pas en outrageant les hommes qu'on parvient

(1) Young.

» à les rendre meilleurs. Cependant on peut dire : que » d'artifices on a mis en usage pour endormir les crain- » tes du malheureux Condé. A-t-il péri sous les coups » d'assassins domestiques, ce témoin de la chute d'un » trône et de l'élévation d'un autre ? » Ici, fixant la reine de la fidélité (*dont naguère on exaltait l'attachement pour l'élu de son cœur*), le juge accusateur lui parle ainsi :

« O vous, qui jouissiez de sa confiance sans partage; » vous, dont ici-bas *on a cherché à flétrir l'existence*, » qu'avez-vous fait ? Si la justice humaine a prononcé » en votre faveur, *celle des dieux n'est pas si bienveil-* » *lante*. De noires images ne viendraient-elles point » s'offrir à votre pensée ? Il est mort le prince de Condé! » *mais comment est-il mort ?*... Ici la vérité brille à tra- » vers les ténèbres, la mémoire d'une illustre victime » sera enfin vengée. Si jusqu'ici sa lueur pâle et mélan- » colique s'est mêlée à l'épaisseur des nuages qui om- » brageaient Thémis, la conscience, ce confident se- » cret et sincère, révélera ce que taisent les flateurs.

» Si la mort humilie les sages, les conquérans, les » rois, le suicide ne peut inspirer que des regrets aussi » froids que le marbre qui le couvre. Il n'en est pas » ainsi pour le duc de Bourbon. Il se peut que de som- » bres pensées suivirent un moment son cercueil ; » bientôt des traits gravés par la douleur révélèrent » qu'il existait un homicide. Cet homicide le surprend » assoupi... *Ne te plains point de mourir, ô brave ! si tu* » *ne dois plus vivre*... Ici le Monrose français pousse un » long gémissement...

» Parlez, Prince, parlez;

. . . . L'Olympe par ma voix
S'apprête à prononcer sur le destin des rois.

Réveillé par ce coup de foudre, le duc de Bourbon me semble profondément ému. Un tremblement universel l'agite; il reconnaît Sophie... Une funèbre tristesse éteint l'éclat des doux yeux de la belle accusée! une pâleur mortelle s'étend sur tout son corps; elle ne peut faire un pas. Le Prince s'avance vers elle, semblable à un fantôme s'échappant du tombeau. Frappée à l'ame, elle exale un profond soupir...

Après un moment d'agitation et de bruit, l'auguste immortel reprend peu-à-peu son sang-froid, et sans s'émouvoir il parle ainsi :

« L'innocence ne peut se faire entendre que lors-
» qu'elle a l'espoir de se faire réhabiliter autrement
» elle ne connaît point de maître. L'adresse, la ruse,
» le rang, rien n'en impose aux dieux. Aussi, mes dé-
» clarations ne seront-elles dictées que par la vérité,
» rien que la vérité.

» Toute illusion sur les auteurs de la tragique action
» qui m'a privé de la vie est détruite. Désormais, le
» nuage qui dérobait les traits de l'assassin se dissipe,
» et découvre l'énormité de son crime. Il aura beau
» fuir, je le vois placé, au milieu d'une mer orageuse,
» sur un frêle esquif; il sera ébranlé par la tempête,
» et les ouragans exerceront leurs ravages autour de
» lui.

» Uniquement mes mânes frémissent à la seule pen-
» sée du suicide, que des ennemis de mon nom m'ont

» faussement attribué. Des Français n'auront pu suppo-
» ser que le sang des anciens rois de Navarre circule
» dans les veines d'un lâche, et qu'un Bourbon-Condé
» eût tranché *ses jours par le supplice réservé au coupable.*

» Je passai ma dernière journée dans des agitations
» opposées; je voulais fuir, et rompre les chaînes do-
» rées qui m'enlaçaient. Tout était préparé dans ma
» pensée pour l'adieu éternel.

» Les malheurs d'une nouvelle révolution, les mem-
» bres de la famille royale marchant vers l'exil, tout
» m'imposait le devoir d'abandonner la France! De
» concert avec ma conscience, j'avais arrêté un lende-
» main (*à l'insu de Mme la baronne de F****), et pour-
» tant,

. . . . Calme dans sa douleur,
Sophie seule opposait le courage au malheur;
Tantôt me consolait d'un regard d'innocence,
Tantôt du juste ciel invoquait la puissance,
Me pressait sur son cœur en soupirant tout bas,
. . . .

» Et quand, vers le matin, j'eus à peine fermé les
» yeux... que je vois *Achys* (1) :

. . . . Pardonne à ma faiblesse :
Dans ma vaine terreur reconnais ma tendresse.
Un songe, un songe affreux cette nuit m'a frappé,
Je t'ai vu d'ennemis partout enveloppé.....

» *My dearest friend,* mon ange veille sur toi !!!

» A ces mots, je presse la main de celle qu'il est plus
» facile d'accuser *que de convaincre...*

---

(1) Divinité des ténèbres.

» Je m'aperçois que depuis quelques instans, l'op-
» pression qui me tourmentait faisait des progrès plus
» prompts, plus rapides ; ma voix n'a plus de passage,
» *la strangulation s'opère* sous les efforts d'un lâche, et
» des ministres d'occultes volontés se disputent entre
» eux l'honneur de mes dépouilles.

» C'est à vous, Jupiter, c'est à vous, maître suprême,
» de vouloir peser dans votre sagesse le crime des uns,
» le repentir des autres ! Quoi qu'il en soit, vous aurez
» à juger... »

Et Joraël reprend avec une éloquence remplie de dignité :

« Ce ne serait pas de la clémence, mais une vérita-
» ble cruauté, d'épargner les bourreaux du dernier des
» Condés. Jusqu'alors ils sont restés libres, impunis ;
» *l'un d'eux est dans la tombe*... Les autres sont jugés
» par leurs contemporains.

» Au milieu de ses plus horribles souffrances, l'ame
» d'un héros était assiégée par les pensées les plus dou-
» loureuses, tant il craignait de reconnaître les traits
» du monstre qu'il ne voulait pas accuser ! Quelle main
» frappe le duc de Bourbon ? le mystère a couvert ce for-
» fait... *Il est des cœurs ingrats qui, ne l'ayant jamais*
» *aimé, ont voulu l'en punir*... Ici, je m'arrête ; ma
» bouche est muette, et respectera un généreux silence.

» Je me bornerai à dire que l'opinion générale est
» en faveur du moderne *Marc-Antoine*. L'horrible
» catastrophe qui a mis fin aux jours d'un vieux soldat
» est un attentat régicide, et non un suicide ! L'avenir
» réserve une sanglante épreuve à celui qui l'aurait

» commandé... et, malgré la générosité de l'illustre
» prince, on crie toujours vengeance!...

Et l'assassin? son nom ne peut être un mystère (1).

» Il est naturel de ne représenter aux yeux des mor-
» tels que ce qu'il leur est possible de comprendre;
» d'ici là, ils doivent flotter dans une pénible incer-
» titude. Ce n'est pas dans des momens de troubles po-
» litiques qu'on peut ouvertement fronder la dépen-
» dance des oracles de Thémis. Tout est paralysé; le
» barreau français est au milieu d'un océan tout prêt
» à l'engloutir!!! Ainsi donc, sur cette terre de lar-
» mes, *vaut mieux écouter que parler*. Le vrai sage
» n'offre que le centre de la pyramide, parce que lui-
» même ne veut voir et admirer que le centre; le se-
» cret est la science, et le cri se rapporte au premier
» principe d'où tout descend, et où tout remonte.

» Dans le sanctuaire de l'immensité, la faveur y est
» inconnue, et ne saurait sacrifier dans un temple. Ici
» la vérité préside aux délibérations de l'Olympe. Elle
» dira : le duc de Bourbon n'aurait-il pu rédiger un
» dernier codicille? l'original d'un tel acte serait-il dé-
» posé entre des mains fidèles? oui! certes! cet origi-
» nal nous l'avons sous les yeux. D'innombrables dif-
» ficultés ont empêché de le produire; on a pu reculer au
» moment décisif. Qu'on se figure le fracas que produit
» un vieux chêne, qui, tranché dans sa racine, tombe
» dans un vallon, et entraîne par sa chute les arbres du
» voisinage. Tel eût été le bruit produit par le choc des

(1) Hécube.

» passions. Si l'existence d'une telle preuve eût été dé-
» montrée, si un arrêt de la cour souveraine eût nommé
» le coupable...

Mais s'il lui reste encore une ombre de vertu,
Par des remords cruels sans cesse combattu,
Il voit qu'en trahissant son ame s'est trahie,
Et qu'il couvre ses jours de honte et d'infamie.
. . . .
. . . .
. . . . Soutenez-moi, grands dieux !
J'ai trompé ! j'ai trahi ! ce prince vertueux !

Ce mot magique fut entendu au moment où Joraël ajoutait :

Dans tout ce que j'ai dit je reste inébranlable :
On devient criminel en sauvant un coupable.

Et le juge accusateur requiert un plus ample informé et dépose au pied du trône olympien des conclusions formelles, tandis que *Silaël,* génie du feu, balbutiait la défense.

Après avoir entendu *l'innocence reconnue,* la réplique de Joraël fut foudroyante ! Cependant la cour céleste a remis, au 27 août 1834, pour prononcer souverainement : jusque-là, *la lutte sera sanglante,* mais le cri du désespoir pourra se faire entendre..... Ainsi *parle Mercure au nom de Jupiter.*

ARRÊT SUPRÊME

DES

DIEUX DE L'OLYMPE,

EN FAVEUR

DE Mme LA DUCHESSE DE BERRY ET DE SON FILS.

. . . . . La gloire et l'honneur du Lombard,
Fille de Charlemagne et sœur du roi Bernard,
Vous demande un arrêt effroyable, mais juste.....
Et vous montre son deuil dans ce conseil auguste,
Où déjà l'assassin par ma voix est cité.
Juges des souverains, organes d'équité,
Les tems sont arrivés de venger l'innocence.
Toujours la tyrannie a détruit la puissance;
Le tyran sacrilége enfin sera puni;
Le bras de Dieu l'accable et son règne est fini.

(*Louis I*, acte Ier, scène II.)

Dieux! je tremble à mon tour! Vous parlez!.....

Rien ne cause plus d'embarras que de se trouver en présence des immortels, auxquels on ne peut en imposer par le sentiment respectueux qu'ils inspirent. Aussi les roses du plaisir et celles de l'ambition paraissaient étouffées dans une royale famille, par le froid glacial des convenances. De douloureux souvenirs s'emparaient tour-à-tour de celui dont les moindres pensées, dont les moindres actions étaient à découvert. Il eût voulu éviter qu'on lui rappelât ses promesses envers la branche aînée, tige des *Arsacides*!!!

« Plus puissant que lui, prononçait Mercure, ten-» tera d'envahir son pouvoir; ses flatteurs, en plu-» sieurs rencontres, lui promettront leur appui, mais » il aurait tort s'il en attendait quelque chose; *le règne* » *du sabre est déjà commencé.* » A peine le messager des dieux avait-il ainsi parlé, que je vois un illustre personnage traduit à la barre du tribunal suprême. Oromasine (1) prend la parole, et commence en ces termes :

« Chef suprême du plus bel empire du monde ter-» restre, votre noble orgueil est flatté, je vous vois » fier de régner sur un peuple de braves; auriez-vous » trouvé votre palais imparfait, il vous fallait plus » grand encore... Entendez-vous les foudres gronder » sur les Tuileries? c'est la révolution de juillet en fu-» reur; c'est la voix d'un génie infernal imposant la » guerre au monde et à vous le règne de la terreur... » Tout s'évanouira à la fin; vous resterez seul avec » votre conscience, et n'aurez alors pour appui que les » nobles exilés proscrits par vos *marionnettes* (2)... Déjà » Charles et ses fils ont plaidé votre cause devant la » cour céleste; ils n'ont pu la gagner...

Je ne puis qu'annoncer de dures vérités :
Qui ne sert que son Dieu n'en a pas d'autre à dire.

---

(1) Génie du premier ordre.

(2) S. A. R. monseigneur le duc d'Orléans a-t-il réellement signé l'arrêt de bannissement de sa royale famille? M. le duc de***, ex-ministre, pair de France, paraîtrait en douter. (*Note de l'Auteur.*)

Je vous parle en son nom, comme au nom de l'empire;
Vous êtes aveuglés, Je dois vous découvrir
Le crime ou les dangers où vous voulez courir (1).

» Écoutez ! écoutez ! vous, soldat de Jemmapes ! » vous, soldat de Valmy ! prince du sang-royal de » France ; très-haut et très-puissant roi citoyen, prê- » tez ici une oreille attentive aux chefs d'accusation » portés contre vous, par le conseil souverain de l'O- » lympe :

Oui, malheureux ! c'est toi dont le fatal génie
A ton ambition immola ta patrie !
Tu t'osas préférer aux enfans de ton roi.
Va, je te connais trop, je n'attends rien de toi (2) !

» Que ne restait-il duc d'Orléans, ce prince ! N'a- » vait-il d'autre moyen de salut que de porter le dia- » dême ? Que ne préférait-il, comme il l'avait dit lui- » même : *Qu'en suivant cette ligne politique, il se mé- » nageait la faculté de rendre un jour au roi de France » de plus grands services, en affichant des opinions op- » posées à celles de la cour*. Que ne préférait-il, dis-je, » partager les dangers de la monarchie *plutôt que de » passer la nuit du* 28 *au* 29 *juillet* (1830) *dans un » kiosque, au milieu de son parc pour éviter, soi disant, » les filets de Saint-Cloud* (3).

» Le vainqueur de la fille d'Osroës, sera-t-il arrêté » d'une manière humiliante ? Trajan fera-t-il voir qu'il » n'a de fermeté et d'audace que lorsqu'on ne lui résiste » pas ? Le sang français fume encore... l'image des mal-

(1) VOLTAIRE.

(2) *Elisabeth*, acte I.

(3) M. de Sarrans.

» heurs qui affligent les peuples apaisera-t-elle la fu-
» reur des partis qui s'entrechoquent... Les provinces
» de l'ouest, indignées des violences exercées contre leur
» culte, contre leurs habitans, consulteront-elles les
» intérêts de leur pays, et ne profiteront-elles point de
» l'imprudence des uns, de la tyrannie des autres,
» pour châtier leurs bourreaux.

» Toi, Paris! toi, ville unique! te destinerait-on le
» sort de Tyr? Quoi donc! une nouvelle ligue est
» maintenant à palissader Saint-Denis, à se retrancher
» à Montmartre, à se fortifier dans un palais..... Ce
» n'est pas contre Berlin; ce n'est pas contre Stockholm,
» Pétesbourg, Vienne; ce n'est pas contre la Hol-
» lande, etc., etc. Serait-ce donc contre la reine des
» cités?... Au milieu de la consternation générale, on
» élève des redoutes à Vincennes! Si une insurrection
» démagogique à mis le trône populaire en péril; la
» garde civique, de concert avec la troupe soldée,
» a rivalisé de zèle pour maintenir le pavois natio-
» nal. S'en suivrait-il, qu'il ne fallût pas être grand
» après la victoire? Le plus bel attribut d'un souve-
» rain est de savoir et pouvoir pardonner... Si donc la
» divergence des opinions égare les hommes, il est
» du devoir d'un *Titus* paternel de les éclairer, et
» non d'employer des moyens *occultes* pour les trou-
» ver coupables..... Malheur serait au *Corbulon* or-
» donnateur d'émeutes et de massacres... Il resterait
» convaincu, à la fin, qu'il n'est plus de repos pour un
» Catilina. Si un tel coupable existe ici-bas, qu'il n'ac-
» cuse personne que lui-même de ses tristes revers.

Encore tout-à-l'heure une image effrayante
S'est montrée à ses yeux terrible et menaçante.
Ce n'était point l'effet d'un pénible sommeil,
Ni celui d'une erreur que détruit le réveil :
Il vit planer la mort sur son armée entière,
Son rival triomphant, sa valeur meurtrière
Dispersant ses soldats qui, frappés de terreur,
Semblaient l'abandonner pour courir au vainqueur.
Sous ses pas chancelans il sentait fuir le trône,
De son front pâlissant s'échapper la couronne ;
Il entend de Henri la prophétique voix,
Au nouvel Édouard annonçant ses exploits :
Cher et dernier espoir de ma triste famille,
Héritier de mon nom. . . . .
Français, soyez heureux, chérissez ce héros ;
Il punira le crime, il vengera vos maux.
Voilà les derniers cris que son ame oppressée
A retenus..... le reste a fui de sa pensée.
Sans doute cet oracle est prêt à s'accomplir. (***.)

» Aussi ce serait une erreur à celui qui s'élèverait » avec une tache de sang sur le front, de se croire in- » vulnérable. Cette erreur produit l'égoïsme. Dès qu'il » se penche et plonge ses regards dans l'abîme, il » recule épouvanté pour sa propre conservation. » Qu'il se pénètre bien qu'un gouvernement mili- » taire ne saurait arrêter des conspirations, ni les » conspirateurs impatiens de s'élancer dans les voies » du parjure, si l'Olympe a décidé : *que Baltazar qui » croit voir autour de son lit un roi ayant la tête coupée*, » soit forcé de traîner ses liens, jusqu'au terme marqué » par elle. Lui serait-il glorieux de briser des fers sans » y être contraint? Il franchirait la barrière de l'usur- » pation, et serait digne enfin de couronner Cyrus! »

Et tout-à-coup les cieux s'ébranlèrent au son de la

voix de Jupiter. Le chef de l'empire gaulois, saisi d'un pieux respect, n'ose pas prononcer un seul mot; il se condamne au silence. Hélas! l'homme n'est pas fait pour interroger les immortels, mais pour les adorer et se taire.

Si la sagesse a ses erreurs à déplorer, comment la folie peut-elle prétendre au bonheur? L'œuvre de juillet doit chasser et abhorrer ceux qui, *pendant quinze ans* de la plus vigoureuse résistance au pouvoir légitime, ne se feront faute avec calcul, avec persévérance, avec préméditation, de lui faire subir le sort de son prédécesseur, en se déclarant les protecteurs et rénovateurs du gouvernement imposé (1).

Il est impossible de trouver un langage pour décrire l'effet que durent produire sur le fils de la vertueuse duchesse douairière d'Orléans, ces paroles du maître des dieux. Sa raison anéantit ses facultés, et produit la sensation la plus spontanée, la plus difficile à décrire. Ce n'était point la douleur énergique et profonde; c'était l'histoire d'un héritier tremblant devant son testateur, sur le bord du tombeau; c'étaient des larmes futiles, dans la crainte, non d'une résurrection, *mais d'une déclaration*. Le jeune duc d'Aumale en parut effrayé. Le petit-fils de celui qui porta les armes contre son roi, et expia si noblement sa faute sur le champ de bataille, dit avec bonté et indulgence à son filleul :

« Henri, rassurez-vous, mon héritage vous sera con-
» servé. »

(1) C'est ce qui adviendra.

Frappé de cette pensée, comme s'il se réveillait à l'heure formidable, une lumière soudaine et vive vient éclairer comme un phare brillant l'ombre du duc de Berry, autour de laquelle des légions de sylphes se rallient pour la garder, la contempler, et recevoir ses ordres.

» La crainte d'une révolution nouvelle, d'une dé-
» plorable catastrophe, me fait venir te déclarer, ô
» Louis - Philippe, que de terribles et perpétuels
» combats ne sauraient que te soutenir un moment.
» Tu es sur un trône sans sujets, dans la dépen-
» dance de tes maîtres!!! Jette les yeux autour de toi,
» on n'y voit que des courtisans, des esclaves, et *non*
» *un Sully*. Le dernier de tes préfets pourrait être
» plus heureux que toi. Ta funeste grandeur t'isole
» des autres hommes. La révolution de juillet t'a placé
» trop haut pour que les cœurs des Français s'élèvent
» au niveau du tien. Il en est qui croient que l'on a
» tout à craindre et rien à espérer. L'intérêt seul forme
» le lien qui t'unit à tes chers obligés. Ils seront tes
» ennemis, quand ils le voudront, et ne te regar-
» dent pas même aujourd'hui comme l'instrument de
» leur fortune. Louis-Philippe, *les rois n'ont point d'a-*
» *mis, et surtout les rois sortis des barricades..... Élu*
» *d'une démocratie...*

" Regarde cette épée,
Rappelle ton serment, la bonne foi trompée,
Et dis-moi dans quel flanc je devrais la plonger... (1).

---

(1) *Rienzi.*

« Arrête ! ô toi que je crus sincère ! arrête ! respecte » Caroline. Si tu la persécutes, les foudres vengeurs » éclateront sur toi, sur ta famille ! J'ai pardonné à mon » assassin, *j'ai pardonné au plus grand des coupables !* » Ne pourrais-tu prétendre à la gloire de réparer les » calamités de la France, après les avoir provoquées. » On manœuvre sourdement contre ta royauté ; les Pa- » rias te flatttent de l'espoir que tu parviendras à con- » server l'empire. *On te trompe, Philippe ! on te livrera* » *pour faire le traité.* Écoute : tu seras bientôt courbé » sous d'affreux revers, en proie au désespoir et dé- » voré de remords, si je ne puis arracher de ton cœur » de funestes desseins.

» Qui te répond de l'avenir, qui te répond de la der- » nière scène de ce drame prodigieux, qui te répond, » enfin, qu'on ne te parle pas d'acheter la reconnais- » sance de l'Angleterre par le sacrifice d'Alger, etc., etc.? » Caroline n'achèterait pas, même pour le Prétendant » à la couronne de France, son royaume à un tel prix. »

Absorbée par de profondes méditations, l'auguste prisonnière de Blaye remarquait avec un vif intérêt le *talisman constellé* (au signe des balances) auquel Jupiter attache la destinée d'un autre Henri. Elle eut alors la noble pensée d'éclairer une grande autorité, ains la faire rentrer dans la voie de salut. Au milieu des rayons de gloire qui l'environnaient, elle s'écria d'une voix émue :

« Je viens offrir à Louis-Philippe l'occasion glorieuse » et sublime d'être, non pas un libérateur fanatique, » mais le véritable rédempteur de son pays. Choisis,

» duc d'Orléans, entre le bien et le mal, entre la re-
» bellion et ton roi. Peux-tu renier ton sang; ce noble
» sang circule dans les veines de tes fils, dans celles
» de leur mère. Toi qui fus adopté par les miens, par cet
» autre Bourbon, quels projets insensés as-tu formés?
» tu cours à ta perte... surtout en consentant à rece-
» voir des mains sanglantes de tes *dominateurs*, en
» échange de ton écusson, le coq gaulois, qui chante
» le réveil de la *respublica agraria*.

» Va, va, les prestiges s'évanouissent, les artifices
» s'épuisent, la réprobation du mouvement est sur le
» point de fondre sur ta royauté. Charles X avait aussi
» une armée!... où est-il?... Maintenant ta liberté est
» hideuse; elle fera des victimes : son ivresse sera de
» très-courte durée.....

» Mon fils promettrait à la France, non des illusions,
» mais des réalités (*c'est une puissance irrésistible et que*
» *rien ne peut suppléer*). Sa mère supporte l'adversité
» sous le poids d'une accusation capitale. Malheur se-
» rait à celui qui sentirait la nécessité d'une holocauste.
» *La victoire ou un tombeau*, tel est, tel sera le cri de
» ralliement de la mère de Henri V.

» Engagée par les liens de l'amour maternel, je veux
» me ressouvenir que, digne petite-fille de l'auguste
» Marie-Thérèse, je dois apparaître à cette nation ma-
» gnanime et généreuse, avec cet air de grandeur et
» de majesté qui caractérisait mon illustre aïeule... Je
» dirai aux Français : *Abandonnée par mes amis, persé-*
» *cutée par mes ennemis*, attaquée par mes plus proches
» parens, *je n'ai de ressource que dans votre fidélité*,

» *dans votre courage et dans ma constance*... Je remets » entre vos mains la fille et le fils de vos rois, qui attendent de vous leur salut.

Voyez l'état horrible où je suis abaissée :
De mes honneurs détruits, de ma grandeur passée,
De tant d'états, enfin, il ne me reste pas
Un terrain pour ma tombe, un fer pour mon trépas.
Mais connaissez mon cœur : du fond de cet abîme
Je me refuserais à sortir par un crime (1).

» Tous les braves des braves seront attendris; les » républicains, les hommes généreux de toutes les opi» nions, je les appellerai au nom de la patrie : tous » ne voudraient le céder en générosité aux paladins » hongrois; ils tireraient leurs sabres en s'écriant avec » transport : *Moriamur pro regina nostra Carolina!* tant » l'honneur et la fidélité électriseraient les ames com» primées jusqu'alors par l'affreuse tyrannie : tant cette » glorieuse nation est digne d'être appréciée par tous » les peuples du monde, surtout si elle se tient en garde » contre de vaines et astucieuses promesses. *Tout pour* » *la France et par la France* :

Et nos neveux charmés diront à nos neveux,
Qu'ils doivent leur bonheur à nos exploits fameux.

A l'instant où l'illustre captive cessait de parler, un rayon de satisfaction brilla sur le front du duc de Berry. Les regards interrogateurs de Jupiter Olympien se tournèrent ensuite vers le dernier des Condés. Le Prince était à quelque distance et paraissait absorbé dans une méditation profonde... cependant il dit :

---

(1) *Zénobie.*

La France n'a point de remords, la France n'a que de l'affliction; la France retentit du bruit : Aux armes! Chaque province est une arène tumultueuse où viennent se précipiter des combattans à un affreux signal! Ils osent encore interroger la Charte (*la Charte-vérité est une dérision*), lorsque, distraits de leurs juges naturels, ils vivent, mais sous l'empire d'une *terreur armée.*

Ambition, aveugle prospérité! n'êtes-vous apparue au neveu de Louis XIV que pour le placer dans une situation de dépendance, plus tard le livrer à des regrets éternels?... Qu'il s'abandonne à la douleur ce prince, en voyant l'ordre social sapé jusque dans ses derniers fondemens... J'entends déjà sa voix déchirante : je suis trahi; je suis trompé; tout est perdu pour moi; l'espérance est morte pour toujours dans mon cœur, et l'avenir ne me présentera plus qu'un vide immense... Quoi donc! cette France, et si belle et si riche, n'offrait-elle pas à son orgueil un assez glorieux partage? Premier prince du sang, il n'est aujourd'hui *que le très-humble serviteur de sa souveraineté :*

Le peuple est un tyran. . . . .
Tous ceux qui l'ont servi, jouets d'un triste sort,
Ont eu pour récompense ou l'exil ou la mort.

On peut avancer que les sommités du pouvoir populaire possèdent, depuis l'avénement au trône de Louis-Philippe Ier, la fortune de l'état sous le prétexte d'économie financière; le conseil ministériel réduit à la demi-solde l'immense majorité des fonctionnaires rétribués : ces prétendus économistes n'ont pas plus tôt formé un dessein, qu'ils l'ont accompli; la terre et la mer sont devenues leurs tributaires. Toutes prises sont bonnes, même celle de la fille des rois (1)... Ils oseront, dans leur délire, « décréter des lois de sang, et » employer la force ou la ruse pour les leur appliquer.

» Le plus ferme soutien de sa monarchie éphémère » viendra déclarer au sénat français :

Il ne peut rien sans moi, je peux tout contre lui;
A son ambition si j'ai servi moi-même,
Si ce monarque ingrat me dut le diadême,
Je puis bien renverser l'ouvrage de mes mains;
Mais j'ai compté sur vous pour de si grands desseins.
J'entends de tous côtés le murmure et la haine.
Si le sang coule encor notre perte est certaine;
Rangeons-nous du parti qui peut à notre espoir
Promettre le succès, peut-être le pouvoir!
Déclarez-vous enfin; l'état qui vous contemple,
Attend de vous surtout un éclatant exemple.
Rappelez de vos rois le dernier rejeton. (***.)

» Quoi donc! suffit-il de souffler par cent mille bou» ches à feu la haine, la rebellion, le sang et le car» nage : on crie trop haut à l'iniquité, pour que les » *Nabal* du parti jouissent fort peu du présent, parce » qu'ils pensent toujours à l'avenir. Enfin, on peut

(1) En apprenant la trahison du renégat Deutz envers Mme la duchesse de Berry, M. le duc de ***, ex-ministre, grand amateur de la royauté citoyenne, dit à l'un de ses amis : « Mon cher, le ministère accordant 600,000 fr. pour cette capture s'est *fourvoyé*. J'en aurais donné le double à celui qui de gré *ou de force* eût accéléré l'exil de la princesse. Après, je me serais présenté aux deux Chambres à l'effet de réclamer un bill d'indemnité, m'accusant de ma généreuse action. La présence de la prisonnière de Blaye sur nos terres est un *aimant* où viendront se rattacher *à sa courageuse popularité*, les prétendus amis de notre royauté citoyenne. Les femmes même nous deviendront hostiles; les mécontens s'insurgeront, et S. M. pourra regretter le zèle trop officieux de M. de Thiers. »

» dire que les flatteurs et le maître sont nés les uns et » les autres pour n'être jamais en repos, et n'y pas » laisser leurs semblables (1).

» Les événemens ramèneront la France à ses lois » fondamentales; les grandes déviations seront recti- » fiées, car le passé a toujours fait l'avenir... L'Olympe » a le droit de requérir de la chambre élective, ainsi » que de celle des pairs du royaume, d'employer tous » les moyens nécessaires pour rétablir et consolider le » crédit public... Personne ne doute de la sincérité du » ministère actuel, surtout quand il déclare qu'il veut » maintenir la paix. Il paraîtrait certain que son but » est de détruire les dernières traces de la révolution » de Juillet..... *Fiat voluntas*... Mais Paris a perdu sa » première figure, Paris n'est plus Paris; Lutèce, » toujours jeune et toujours belle, tes habitans sont en » deuil : réveille-toi, réveille-toi donc, César! (*à la* » *voix de Calpurnie* (2)...) tu dois un autre exemple! » brise toi-même la couronne que la révolution a dé- » posée sur ton front!..... *Viens sauver Caroline!*..... » Louis-Philippe, l'histoire t'apprend :

Ce qu'il faut imiter si jamais tu fus grand.

---

(1) L'attachement du prince de Condé pour sa royale famille, ne saurait être révoqué en doute : aussi son serment de fidélité envers la royauté citoyenne, fut motivé par la contrainte et commandé par la nécessité!!... Le 25 août 1830 on l'entendit répéter ces vers de *Léonidas* :

Regarde, Néoclès, sa démarche timide
Est celle d'un coupable et non pas d'un perfide.
Ne jugeons point trop tôt qui put nous offenser :
S'il rougit de son crime, il pourra l'effacer.
L'instant approche enfin ......

(2) Calpurnie, femme de César.

» Ton gouvernement s'émeut, s'inquiète : *il redoute » l'ascendant d'une femme !... A la vérité, cette femme » est sublime ! vous pouvez vous en rapporter à son cou- » rage !... Aujourd'hui aux champs élyséens, demain à » Blaye, elle méprisera le danger ; par une persévérance » héroïque, Caroline de Berry maîtrisera l'avenir. Nou- » velle Jeanne d'Arc, cette héroïne sauvera son pays en » sauvant son monarque* (1). Le nom de Henri plaît » aux Français, *et le Français aime la témérité.* »

Durant ce discours du duc de Bourbon, les aînés d'Orléans effeuillaient des soucis ; le duc d'Aumale admirait un lis : ce beau lis, il l'offrait à son père. *Jupiter* ne put s'empêcher de sourire. Le front de la nouvelle Cornélie se couvre d'une noble rougeur ; elle fixait avec un sentiment pénible *cette princesse qui, à travers tant d'obstacles, est venue embrasser cette noble terre dont elle revendique la couronne pour son fils* (2).

Mme la duchesse de Berry semblait lui dire : « Au milieu de la nation la plus généreuse et la plus » éclairée, on voudrait me faire subir une nouvelle » épreuve : *un sauf conduit m'a été proposé* (3) ; on a

---

(1) *Ombre de Catherine II au Tombeau d'Alexandre Ier.* Paris, 1826, page 51.

(2) M. le vicomte Sosthène de la Rochefoucauld.

(3) Sous le ministère de M. Casimir Périer on se fût bien gardé d'arrêter Mme la duchesse de Berry. Voyez la noble conduite de ce ministre envers la fille bien aimée de l'impératrice Joséphine (l'ex-reine de Hollande). Ce premier conseiller de la royauté citoyenne *avait du sang français dans les veines ; sa mort est une calamité pour tous.....* A l'égard d'un sauf-conduit proposé à la duchesse, *le fait est patent.* La royale victime s'y est constamment refusée. M. de Montalivet nous pourrait donner à cet égard les renseignemens les plus précieux et les plus positifs. (***).

» feint de vouloir me soustraire aux mesures arbitrai-
» res..... L'aveuglement est au point, que la fatalité
» entraîne la main qui tient le sceptre. On finira par
» vouloir le proscrire *quoique Bourbon;* moi seule
» deviendrais son *talisman,* et je pourrais le mettre à
» l'abri d'un génie malfaisant. »

Un murmure religieux s'élève dans l'immensité. Il n'était interrompu que par des chants célestes! Un concert de bénédictions des habitans des airs s'unissait à la ravissante mélodie. Pendant les momens d'un silence profond et général, les dieux délibéraient. Ils appréciaient la valeur actuelle des choses terrestres, se riaient des mortels, qui croient à la stabilité des trônes, ainsi qu'à l'infaillibilité des sermens.

L'imagination mélancolique et sombre du dernier des Condés lui fit ajouter :

« La nuit avant la bataille de Philippes, Brutus dor-
» mait tranquille :

Un spectre s'offre à lui, le nomme avec horreur;
Sa voix meurt, tout son sang glacé par la terreur,
A peine de ses sens il conserve l'usage!
Est-ce vous qui parlez? Un semblable langage
Ne fut jamais le vôtre. *Abou-Jahia* (1). . . . .
Apprends quand finira ta fragile existence. . . .
D'un jour si grand pour tous. . . . .
. . . . A ces mots effroyables
Il avait près de lui les Parques redoutables!
La vengeance, Amalthée! implore Jupiter (2). . . . .

» Entends la menace, ô toi à qui la fortune sourit,

(1) Ange de la mort.
(2) Amalthée, nourrice de Jupiter, sibylle de Cumes.

» s'écrie le duc de Bourbon (en s'adressant au duc » d'Aumale); ne te laisse pas endormir à des chants » flatteurs; tremble en recevant ces dons : elle vend le » bonheur. Trop jeune encore pour savoir que l'on » rêve au bord d'un précipice, ne te livre donc point » aux accès de la joie. L'amitié que l'on avait pour ton » père s'est évanouie, et s'est transformée en haine : les » ambitieux déchirent le sein qu'ils ont caressé; ils em- » poisonnent la paix dont il jouit; ils jurent qu'ils n'ont » que des vues pures et innocentes en demandant la » guerre, et commencent par mettre la main sur l'autel, » pour en briser l'idole... Ils commandent à leurs sa- » tellites d'arracher avec violence les enfans des bras » de leurs mères, et font traîner celles-ci dans d'hor- » ribles cachots. Ils vont briser les portes des villes, » affectent de la cordialité envers les habitans. Tout » change de face un instant après... Des crimes aussi » atroces ne peuvent pas demeurer long-tems impu- » nis... Duc d'Aumale, ne t'énivre pas de ta grandeur » naissante, et de la prospérité qui accompagne ton » père (1)... Il fut la plus ferme colonne des mécon- » tens; cette colonne est déjà ébranlée, et finira par » être abattue tout-à-fait. Duc d'Aumale, mon rôle est » terminé, le tien commence. Crains pour ta famille,

(1) J'ai examiné attentivement un certain thème de naissance. Je sais ce qui doit advenir au *mortel privilégié* qui, né l'an 1773, le 6 octobre (signe des Balances), un mercredi (jour de Mercure), à trois heures trois quarts du matin, entre Saturne et le Soleil, a pour guide Zuriel, et dont les initiales des prénoms sont L.-P.-B., et je dis : « Les Français volontiers portent plu- » mes blanches à leurs bonnets, et pour leur symbole et enseigne ont la fleur » plus que nulle autre blanche (*le lis*). » (RABELAIS, tome Ier, chap. x.)

» que le chef de la maison d'Orléans soit privé, même
» d'échanger ses lauriers contre la faible distraction de
» pouvoir cultiver en paix des œillets au donjon de
» Vincennes.

» Ainsi doit parvenir obscurément à son terme, celui
» qui se repaît d'un sourire, qui caresse tous les cour-
» tisans qu'il trouve sur son passage. Un jour viendra,
» et ce jour n'est peut être pas éloigné, où il maudira
» la main qui l'aura couronné.

» Je rougirais de mon pays, si mon pays fléchissait
» le genou devant l'Europe armée... Ce serait l'œuvre
» des sectaires de *Mammon*. Leur tactique aurait pour
» résultat de l'envelopper, lui et ses disciples, dans le
» même naufrage.

» A la fin de la course de l'homme populaire, sa po-
» litique sera dévoilée ; il entendra proclamer dans
» Lutèce un nom !... Il écoute, frémit... de tant de
» prétentions trompées, lui restera-t-il même un es-
» pace où creuser son tombeau ?

Que voulez-vous de moi, détestables flatteurs ?
Que ne me parliez-vous au jour de mes fureurs ?
Vivant, vous me guidiez dans le sentier du crime,
Vous n'aviez point de voix pour sauver mes victimes.
De quoi me servira le terrible flambeau ?
Du séjour de la mort vous revenez m'instruire,
Quand de ma faible main va s'échapper l'empire.
Il n'est plus tems..... (***.)

---

(1) Le grand Condé, prisonnier au donjon de Vincennes, apprenant que la princesse Clémence avait comprimé les mutins et délivré le parlement, ne put s'empêcher de rire du contraste de sa situation avec celle de son épouse. « Qui aurait cru, dit-il, que j'arroserais des fleurs pendant que ma femme » fait la guerre? » (*Mém. de Motteville*, tome III, page 539.)

» C'est trop risquer que de s'exposer à cette alterna» tive. La vertu a ses faiblesses... Ainsi, ce n'est pas » le tout de prendre une citadelle, de faire voyager à » grands frais la propagante dans les autres états, il faut » savoir avant tout garantir les siens, livrés aux bri» gandages, et èn proie aux diverses factions.

» Je plains tes frères, entraînés dans la destinée » commune; je plains ta mère, modèle de vertu; je » plains tes sœurs, ma nièce, surtout, dont le véritable » dévoûment pour son frère est connu. Si l'intention » de mon neveu Louis-Philippe eût été de couronner » le pauvre Henri, je dirais : *L'époux de la reine Amé» lie joue son rôle à merveille! Que l'Éternel fasse qu'il » en soit ainsi, et répande encore une brillante in» fluence sur la destinée de ses enfans. Il mériterait les » louanges de ses contemporains, et celles de la postérité.* » Autrement, duc d'Aumale, souviens-toi que ce n'est » pas le tout d'emprisonner et juger les partisans de » l'infortuné Charles X, de répandre la consternation » d'un bout de la France à l'autre... Sans le canon de » la Bastille, dirigé sur l'armée royale (par les ordres » de la fille de Gaston d'Orléans), le grand Condé eût » été vaincu, déclaré traître à son roi. Ce noble sang » de Robert-le-Fort eût rougi l'échafaud, et pourtant » mon illustre aïeul possédait les qualités nécessaires » à l'usurpation. Elles légitimaient en quelque sorte sa » rebellion, non envers Louis XIV, *mais envers le Ma» zarin.*

» Le chef actuel de la branche cadette est un prince » pacifique : le Français aime à décerner à son maître

» *le laurier de César* (1). S'il eût su se servir de l'épée de » Du Guesclin, au lieu de porter la livrée d'un cortès, » le neveu de Louis XIV eût secouru le meilleur des » rois, le plus malheureux des pères, qu'une affreuse » tempête a jeté sur une rive étrangère.

Hélas ! depuis ce jour si fécond en forfaits,
Où le crime vainqueur vint s'assoir sous le dais,
Où le bonnet sanglant remplaça la couronne,
De quels maux inouis l'essain nous environne !
Par ce premier malheur que de maux enfantés !
La France, qu'enviaient les nations voisines,
Des ruines du monde accroissant ses ruines,
De son corps gigantesque étale en vain l'orgueil.
Assemblage hideux de victoire et de deuil.
Ses biens de tous les maux renferment la semence,
Son cœur est la fatigue et non l'obéissance :
Ne pouvant la séduire on cherche à l'effrayer. (2).

La cour céleste, d'une voix unanime, décerne la palme de la fidélité au duc de Bourbon; elle fait en-

---

(1) Voilà comme Mme de Genlis s'exprimait en écrivant à son auguste élève le duc d'Orléans, le 18 février 1796 (de Silr en Holstein) :

« Quand vous pourriez légitimement et raisonnablement prétendre au trône, » je vous y verrais monter avec peine, parce que vous n'avez (à l'exception » du courage et de la probité) ni les talens ni les qualités nécessaires dans » ce rang. Vous avez de l'instruction, des lumières, et mille vertus. Mais » chaque état demande des qualités particulières, et vous n'avez point celles » qui font les rois. Vous êtes fait par vos goûts et par votre caractère pour la » vie intérieure et privée, pour offrir le touchant exemple de toutes les vertus » domestiques, et non pour représenter avec éclat, pour agir avec une acti- » vité constante et pour gouverner avec fermeté un grand empire. D'ailleurs, » quel serait le degré de confiance que la France pourrait accorder à un roi » constitutionnel qu'elle aurait vu auparavant ardent républicain, et le par- » tisan le plus enthousiaste de l'égalité? Un tel roi ne pourrait-il pas tout aussi » bien qu'un autre abolir la constitution et devenir despote?..... »

(2) *La Pitié*, chant IV.

» tendre à sa majesté citoyenne que « l'unique moyen » de conserver son rang, sa fortune, était de s'enga- » ger par les sermens les plus augustes, les plus so- » lennels, à remplir les conditions que l'Olympe dai- » gnait lui imposer. » Un tel discours jette le favori de la Fortune dans le dernier des embarras. Le duc d'Aumale, au contraire paraît au comble de ses vœux ! Il prend l'engagement d'honneur, devant le conseil suprême, de faire respecter les augustes banis et Mme la duchesse de Berry, surtout : si on osait...

Maete nova, virtute, puer : sic itur ab (1).

Le prince de Condé verse des larmes d'attendrissement, et presse sur son cœur son royal filleul. Le sourire de la bienveillance anime tous ses traits ; son regard étincelle de satisfaction, lorsque le jeune d'Orléans, vivement ému, s'incline respectueusement devant lui, et dit : « Je ferai le plus digne usage des biens » de votre auguste maison ; *la veuve et l'orphelin* ont » des droits imprescriptibles à l'héritage du vainqueur » de Rocroy... *Plus de visions pénibles, plus de meur-* » *tres, plus de sang. La main qui put hésiter à signer* » *l'exil de la branche aînée des Bourbons, la tête qui est* » *ceinte du bandeau des rois, soupire peut-être en secret,* » *et commence à sentir les désagrémens de sa position.*

Quand la guerre civile aiguise ses poignards,
Chacun pour guide alors ne suit que son caprice,
Et ce qui lui convient à ses yeux est justice (2).

---

(1) Courage, généreux enfant, c'est ainsi qu'on se rend immortel.

(2) SHAKSPEARE.

» Le palais des Tuileries a son histoire, ses admira-
» teurs; il a sa gloire, un sens politique, un côté fai-
» ble... Mais mon père aura la force de s'élever jus-
» qu'aux faits....... La révolution de juillet, devenue
» tacticienne, s'avance d'un pas lent, mais sûr, à la
» conquête de la royauté constitutionnelle..... Le Pré-
» tendant est loin de sa patrie; Nemours, mon frère,
» toi qui penses avec moi :

..... Un bien manquait à nos désirs :
Henri les partageant comble tous nos plaisirs.
Qu'une seconde fois le bonheur nous rassemble :
Nous vécûmes heureux, eh bien ! mourons ensemble.

Un murmure approbateur se fait entendre dans le séjour éternel; de toutes les planètes des hymnes à l'union *et du coq et du lis* retentissent dans l'Olympe : on félicite un jeune prince paré de toutes les grâces de la jeunesse, et remarquable par sa naïve franchise et les germes d'un excellent esprit et d'un heureux caractère; il était dans les bras de sa mère; il poussait des soupirs; un air de tristesse décelait l'émotion dont il était agité : on eût dit que l'expérience, fille tardive de la raison, lui faisait déjà entrevoir que son ame ingénue l'exposerait au blâme de certains ambitieux.

Les dieux vont prononcer sur l'avenir de la France! s'écrie Mercure; mais la défense est de droit : aussi la parole est-elle accordée à l'œuvre populaire! Oromasine vient l'en féliciter..... Peu flatté d'une pareille justice, Louis-Philippe se recueille un moment; sa physionomie avait un air d'impatience; son esprit s'arrête sur des chimères comme sur des réalités; cependant il dit :

8

O des rois d'Ilion malheureuse famille !
O céleste courroux que rien ne peut lasser !

« Les uns m'accusent d'usurpation, les autres me » taxent d'avarice ; je ne prétends pas établir ma dé- » fense. Il suffit de lever les yeux sur la France pour » voir la différence de son ancien état à celui d'apré- » sent. Ce que je vois, tout le monde le voit ; ce que » je dis, tout le monde le pense. Au milieu de l'affreux » désordre excité par les fatales ordonnances, que de- » vait être le sort des citoyens? L'enlèvement de tout » ce qu'ils possédaient aurait été le moindre sujet de » leurs douleurs. Le cachet de cette folle idée de gran- » deur imaginaire est de me faire tomber dans des pe- » titesses qui, en marquant la vanité et le néant de » l'esprit d'opposition, me font marcher tortueusement : » dangereuse est ma route, triste est ma perspective ! » Il est tems enfin de faire cesser cet horrible état ; il » me faut un pouvoir extraordinaire, immense !

On ne règne vraiment qu'autant que l'on est roi.

« Que m'importe de toucher aux franchises natio- » nales ! je suis maître suprême, et voudrais l'être » seul !... Des raisons essentielles à la conservation du » royaume m'en dictent la loi. On m'accuse de timi- » dité : on m'a vu combattre ; on m'a vu mépriser la » mort et la braver d'un œil calme au champ de Saint- » Merri..... Pensez-vous que ce soit la crainte du ban- » nissement qui m'ait fait mettre la couronne de France » sur la tête? Non ; c'était uniquement :

La crainte du présent, l'espoir de l'avenir.

» et pour garantir la monarchie des atteintes de la » *respublica* :

La liberté publique, une ombre mensongère !
Vous m'aviez fait trop grand pour qu'elle me fût chère.
Je la pris en horreur, et. . . . . (***.)

» Je peux jouir enfin de moi-même. Qui méprise les » flatteurs, ne redoute point la perte des grandeurs » qui les attirent. Tandis que mes soldats fouillent les » châteaux, parcourent les campagnes, vivent à discré- » tion chez les légitimistes, d'autres recherchent soi- » gneusement les armes, les trésors, pour m'en faire » une offande. On murmure, je le sais; on appréhende » les suites funestes des réactions; on redoute des excès » encore plus grands, parce que les fautes d'un souve- » rain sont toujours jugées plus sévèrement que celles » de leurs sujets. En réjouissance de nouvelles victoires, » j'ai prodigué des décorations, et même à ma police. » De même, mon intention est d'accorder des dotations » à ceux qui m'auront bien servi. J'avoue que la croix » des braves ne devrait être obtenue que sur le champ » d'honneur; mais il est telle circonstance où marcher » vers les Thermopyles pour comprimer la révolte, c'est » l'avoir méritée.

» On me reproche la mort de ces Léonidas; ils le » sont aux yeux de leur parti : aux miens, ce sont des » fils rebelles. L'horreur de la victoire du pont d'Ar- » cole est peinte sur tous les visages; chacun craint » pour sa tranquillité un pareil renouvellement, surtout » si mon autorité ne pouvait pas enchaîner les projets » des rebelles. Dictateur de Niais I ains de Niais II (1), » je ne serai l'esclave ni du » mouvement, ni du juste-

(1) MM. de la F*** et La F***. (*La Mode.*)

» milieu ; et je saurai résister à l'oppression des Chambres. J'ai de l'habileté ; *je lutte d'argumens au conseil.* » Un souverain tel que moi ne peut mal faire, quand » ses moyens répondent à sa puissance. J'ai ramassé » les débris du naufrage de la branche aînée ; j'ai re- » cueilli l'héritage de l'orphelin !... Ici la scène change : » héritier du grand Henri, neveu de Louis XIV, je » saurai garder la couronne ; malheur à qui la touche !

» Quelle audace ! s'écrie Saturne en courroux. Jupi- » ter fronce le sourcil de manière à produire une explo- » sion épouvantable. S'abandonnant aux vœux de l'O- » lympe, il dit : Par une fatalité déplorable, serais-tu » appelé à consommer cette œuvre de sang, de ruines et » de destruction qu'avait commencée la faction du feu » duc d'Orléans ?... Crains surtout de prendre la lance » d'un soldat et d'en frapper Clitus (1). Ton élévation » fut le prodige de quinze ans de révolte. Ce que l'am- » bition opère lentement, l'amour de la liberté le pro- » duira simultanément. Dans cette extrémité du despo- » tisme, crains surtout un nouveau triomphe ! Si, dans » la chaleur du combat, on traite les ennemis dans » toute la colère, il faut être grand et magnanime après » la victoire, et non dire : *Væ victis* ! Le moment arri- » vera où les chambres te feront un crime d'avoir voilé » la Charte et proclamé une dictature armée :

Ils ont reçu tes dons, mais ils n'ont rien promis ;
Les ingrats sont toujours nos plus grands ennemis.

---

(1) Celui-ci était un ancien soldat de Philippe de Macédoine, qui s'était signalé dans de belles actions, et pour sa récompense il reçut le coup mortel du monarque qui lui devait la vie.

» Ta Charte n'a point reçu le *suffrage universel : on » voit toujours le cachet des volontés d'un parti.* Ton » sénat te sera hostile (*n'en déplaise à tes nouveaux » pairs*), et la fureur et la désolation éclateront de » toutes parts. La légitimité des pouvoirs qui te fu- » rent confiés par le trop confiant Charles X t'impo- » sait la loi de remplir ton mandat avec fidélité. La » France est-elle tranquille? Non. En imposera-t-elle à » l'étranger, étant ainsi divisée? Non. Un désastre inoui, » universel serait-il le résultat de cette expérience qu'on » a voulu recommencer? Oui!...

Ne vois-tu pas le ciel se couvrir de nuages?
L'Océan ne jouit que d'un calme trompeur.
Ainsi, dans un état, des partis la fureur
Feint d'hésiter encor., sommeille en apparence,
Mesure ses moyens et calcule en silence,
Si sa force déjà lui permet d'éclater (1).....

» Cette belliqueuse nation a-t-elle poursuivi ses con- » quêtes en Afrique : le drapeau français flotte au gré » d'Albion. L'or, le sang, tout est prodigué pour éblouir » les sots et tromper les plus faibles! Nos récens ex- » ploits en Belgique modéreront-ils les impôts? feront- » ils revivre le commerce, renaître la confiance publi- » que? porteront-ils enfin les fruits tant désirés? Non! » Louis-Philippe, tu fermes la bouche aux raisonneurs » de la presse; la presse sera ton juge, et ce juge inexo- » rable brisera l'instrument d'une nouvelle tyrannie :

Il remplit ses états de douleurs, de misères,
Il a laissé périr le culte de ses pères (2).

---

(1) *Albion*, poème.
(2) *Philippe II.*

» Tu te jettes au-devant de ton destin ; il serait ter-
» rible de décheoir par la force : l'ardeur qui transpor-
» terait les ames avides se tournerait contre toi-même.
» Le désintéressement fait rarement souhaiter un nou-
» vel ordre de choses dans le pur amour de la gloire.
» On s'arracherait les uns les autres ce que l'on aurait
» enlevé avec violence. A la fin, la milice prétorienne
» apportera le flambeau de la plus horrible guerre ci-
» vile qui ait jamais désolé l'Europe, et les nations
» coalisées se diront : Il faut immoler *Lutetia* à nos ter-
» reurs, à notre politique, et coloniser ses heureux
» habitans (1).

» Au milieu de ces affreux désordres, quel serait le
» sort de tous les citoyens ? ils seraient frappés d'une
» ruine totale : *Minima de malis*. Ceux qui dispute-
» raient leurs biens, seraient aussitôt mis à mort ; les
» autres, qui abandonneraient tout pour se racheter, de-
» viendraient esclaves. Plusieurs se détermineraient,
» ne pouvant supporter de passer sous les fourches cau-
» dines de l'étranger, à se précipiter du haut de leurs
» remparts avec leurs femmes et leurs enfans. D'autres
» mettraient le feu aux palais pour venger l'incendie
» de leurs maisons, afin qu'il fût dit dans les siècles à
» venir : *Hic Pergama* (2). Ce n'était pas un grand
» nom qu'il fallait aux Français, *mais un grand homme*.
» Le règne du roi des barricades a fait plus de mal aux
» vainqueurs du trône de la restauration, que n'en

(1) Voir la prédiction sur Lutèce, *Oracles Sibyllins*, p. 517. Paris, 1817.
(2) C'est ici que Pergame existait.

» firent les nuits de la ligue et de la fronde. Le soleil de » Louis XIV éclaira le triomphe des armes d'une glo- » rieuse nation. Celui de son neveu est éclipsé par cette » espèce d'engourdissement, de repos, dont les ennuis » accablans sont pires que la fatigue (1).

» Quoi donc, Louis-Philippe! ne serez-vous point » touché en faveur de la France? Jurez de suivre les » ordres de l'Olympe, et de vivre désormais pour la » gloire, *et non de chercher près de l'Anglais les conseil- » lers de la couronne*; le seul gage que vous puissiez » lui donner aujourd'hui d'affection, est d'arrêter le » bras qui voudrait frapper la duchesse de Berry. *On » ne peut la juger*, on ne peut humainement la retenir » prisonnière. Proclamez donc une amnistie pour » tous!!! La capitulation de Chassé en sera le pré- » texte; *à vos fils appartient de la solliciter!* Alors vous » vouz ferez bénir : que vous importent les clameurs de » certains Tartufes! soyez ce que vous devez être; ab- » jurez, croyez-moi, ce vain titre de roi :

Il est plus glorieux de ne vouloir pas l'être,
Que d'avoir des sujets pour n'être pas leur maître.

» Soyez juste envers cet enfant, envers cet autre Henri :

Lui dans un drap de mort fut presque enveloppé;
Et si Dieu n'eût commis un ange à sa défense,
Aux complots des méchans il n'eût point échappé (2).

» A quoi vous sert ce haut rang, sans puissance, » sans honneur, qui vous impose des contraintes mor-

---

(1) Si le siége d'Anvers est un brillant trophée pour le génie et le courage, les fruits que nous en recueillerons me semblent bien amers. (***).

(2) M. Guiraud.

» telles? Vous serait-il donc réservé de présenter le » bilan de l'état? Vous avez l'autorité en main, vous » portez le nom de Bourbon, vos sujets attendent *Ar-» minius* pour leur servir d'appui. Soyez Décius français, » sacrifiez l'ambition pour sauver la patrie..... Une » héroïne vraiment digne de ce nom excite une admi-» ration constante sur un peuple qui renaît à la liberté; » ce peuple aura le doux plaisir d'applaudir à sa propre » gloire..... Philippe, le pain de la bruyère ne parut » point amer à la mère de ton roi..... Philippe, je lis » dans tes regards le sort de Caroline :

...Le tems est passé d'implorer ma clémence;
Déjà de tous côtés éclate ma vengeance.
Ensemble confondus, les petits et les grands,
Sauront que leurs efforts deviendront impuissans;
Aux fureurs d'un parti je livre la duchesse.....
L'arrêt en est porté!!! . . . .

Au milieu des sombres regards de l'Olympe, Jupiter lance la foudre sur l'illustre accusé : « Ne m'interrom-» pez plus et vous allez m'entendre. » Il dit, et le maître des dieux prononce : « Que Mme la duchesse de Berry » préservera la France des dangers trop réels d'une » troisième invasion; qu'un jeune prince recouvrera » la couronne du lis de l'amour des Français, voire ad-» mirateurs du coq gaulois; que la maison princière » (dans son propre intérêt) devrait respecter le vieux » chêne et soutenir le faible roseau. (*Leur souche étant » commune*), on ne saurait arracher ses racines sans » nuire essentiellement à ses rejetons. Si la branche » gourmande reste sur tige (*par erreur d'ambition*), » alors, avant l'année 1840, la végétation vigoureuse

» semblerait arrêtée. De même, les plus beaux cèdres » européens pourraient finir par disparaître sous la » cognée des bûcherons républicains. A la fin un homme » extraordinaire attirera sur lui l'attention publique, » excitera l'enthousiasme général; son nom sera re» doutable; il se fera adorer par tous les peuples qu'il » subjuguera et persuadera par les prodiges qu'il fera; » qu'à lui seul doivent être déférées l'autorité et la » puissance européenne..... la maison de Bourbon ne » sera point éteinte. Il se pourrait alors que les ca» dets fussent dans l'abattement; le troisième âge du » monde leur présage abandon : l'innocence seule sem» blerait enchaîner le courroux de l'Olympe, et ob» tenir la conservation du majestueux peuplier et de » ses huit rameaux... » Ainsi parle le maître suprême. » Mercure remet à Joraël l'arrêt souverain; les ombres » forment un faisceau autour de la fille d'Andromaque; » la princesse remercie les dieux de leur céleste justice; » elle profite d'un dernier moment, pour adresser à » l'époux de la reine Amélie ces touchantes et dernières » paroles :

» Si j'étais sans expérience, je pourrais facilement » tomber dans les piéges que vos agens confidentiels me » tendent avec une adroite perfidie. Dans ma cruelle » position je n'ai d'autre moyen de vous prouver ma » confiance qu'en me défiant de leurs insinuations.

» Ce n'est pas assez de voir les plus fidèles amis de » mon fils livrés aux tribunaux exceptionnels, c'est du » sang qu'on demande et je suis la victime :

S'il faut qu'à l'échafaud une loi trop cruelle,

En flétrissant mon nom me traîne en criminelle,
La fidèle amitié, des soins toujours constans,
Adouciront l'horreur de mes derniers momens.

. . . .

Despotisme cruel, politique effroyable,
Qui, joignant la justice avec l'iniquité,
Punit la trahison et la fidélité!
Il faut encore (1). . . . .

PHILIPPE.

» Vous trahissez l'honneur, les lois ; vous signez des
» complots ! J'ai fait serment, madame, aussi :

De votre jugement je crains le résultat,
Et je songe en tremblant au bonheur de l'état.

» Écoutez, Caroline, je vous l'avais bien dit :

Laissez couler les flots, c'est en vous retirant
Que vous échapperez à ce premier torrent.....

» Dans toute autre circonstance j'aurais pu vous
» croire ; répond avec dignité l'illustre prisonnière,
» mais aujourd'hui la paix m'est présentée au pied de
» l'échafaud !

. . . . C'est une barbarie
Qui sert votre vengeance et non point la patrie ;
Et dussiez-vous punir mes courageux efforts,
Mon fils régnera. . . . .

PHILIPPE.

Dans tes hardis desseins tu devrais t'arrêter...

CAROLINE.

La fortune peut tout, et je cours la tenter...

PHILIPPE.

Sache à quel prix je puis accorder ton pardon!

---

(1) *Zénobie.*

CAROLINE.

Un pardon, Louis-Philippe..... un pardon!
Si ma cause à tes yeux paraît illégitime,
Il fallait m'attaquer sans recourir au crime;
Dans le parti contraire ouvertement haïr,
Il fallait me combattre et non pas me trahir.

PHILIPPE.

De mon pouvoir sur toi je saurai faire usage,
Tout est détruit! . . . .

CAROLINE.

France! pardonne-moi des pleurs
Que la nature encore arrache à mes douleurs!
Je suis mère! . . . . . . (***.)

Elle dit, et tous les regards se portent sur l'héroïne, qui ne se laissera jamais abattre et décourager par les dangers qui l'environnent. Un trait, un aperçu, dévoilent bien des obscurités aux yeux de la seconde Mérope, dont la force d'ame, le grand caractère, font prévoir aux publicains (si on osait porter atteinte au respect dû à la captive de Blaye), les vastes conséquences de la victoire que remporterait l'illustre fille de Marie-Thérèse sur l'esprit des Français, ses chances seraient immenses pour elle et pour son fils...

Son dévoûment maternel la désigne à la vénération publique et à la pieuse admiration des siècles! Aussi dirais-je à Mme la duchesse de Berry : vos infortunes vous ont rendue sublime! Vous êtes l'orgueil de la France, de cette nation si brave, si généreuse : cette nation est digne de vous, *vous êtes digne d'elle!* Épargnez-lui de nouvelles fatigues, de nouveaux dangers... Allez, noble Caroline de Bourbon, oublier dans une bastille que vous êtes la prisonnière d'un maître *qui se laisse commander*. Si vous avez tout perdu *hors l'honneur*, en 1832, l'honneur sera sauvé, et avec lui tout le reste, en 1833 !

Votre cause est la plus belle comme la plus sainte des causes. Hercule appesantira sa massue sur les coupables ; *Andromaque* sortira victorieuse d'un lâche combat ; pour l'espérance de la patrie, vous secouerez le joug de votre abaissement pour reprendre votre part dans la gloire de nos destins. La seule différence qu'il y ait maintenant entre votre rôle et celui de votre adversaire, c'est que vous êtes l'orgueil de la France, que vous en serez l'ange tutélaire..... vous opposant surtout aux rencontres, aux vexations dont on abreuve cette jeunesse studieuse, l'espoir du siècle : à elle est réservé l'honneur de foudroyer par son éloquence *le cabinet de l'oreille*, renfermant la fille de nos rois..... Honte aux geoliers de Caroline ! indignation pour ceux qui ôseraient la juger, *malheur à ses bourreaux !*

Une figure céleste, environnée de nobles attributs, apparaît de la région supérieure à Mme la duchesse de Berry : il est décidé par la toute souveraine puissance de Jupiter Olympien que la nièce de Louis-Philippe Ier restera sous la férule de son royal sujet, jusqu'au jour... *et ce jour ne peut être éloigné* (1).....

---

(1) Il y a quatre ans environ, une dame anglaise eut la fantaisie de consulter Mlle Le Normand, et pria la duchesse de G***** de l'accompagner. La duchesse refusa d'abord, dans la crainte d'être reconnue. Cependant elle se décida à suivre son amie, en cachant sous un tour de cheveux noirs sa remarquable chevelure blonde ; et en s'affublant d'un vieux chapeau et d'un

« Lutèce ! Lutèce ! orgueilleuse cité, si riche en sou-
» venirs ! on a jeté devant toi une lumière pâle et trom-
» peuse..... on a voulu t'égarer, et pourtant :

> Ici plus que jamais la veuve est honorée;
> Elle aime ses sujets, elle en est adorée.
> Oui, Français, c'est la reine, et voilà ses enfans...
> . . . .
> Ses enfans toutefois ne sont par criminels.....

Ainsi parle *Omaël* (1) à la famille des rois.
Je me présente à S. M. citoyenne, et lui dis :
O vous ! à qui j'indique la plus juste route, et plus

---

schall d'emprunt. La voiture fut laissée au Luxembourg ; ainsi point de moyens de déjouer l'incognito. Mlle Le Normand fit les questions d'usage : quel jour êtes-vous née (quel mois)? les lettres initiales de vos prénoms? quelle fleur aimez-vous le mieux? quel est l'animal que vous préférez? quel est votre bête d'aversion? Mme la duchesse ne résista point à la tentation, et il fut convenu que dans trois jours on lui remettrait son horoscope. Les trois jours accomplis, une femme-de-chambre alla chercher l'arrêt du Destin. Le manuscrit contient sept ou huit pages; il m'a été permis de lire tout ce qui peut avoir rapport à la politique, et je l'ai assez bien retenu pour vous le transmettre fidélement :

« Tout ne sera pas rose pour vous jusqu'au 30 juillet 1830. »

Voilà une date bien remarquable donnée quatre ans d'avance.

« Vous irez visiter dans sa prison un illustre captif. »

Et nièce du prince de Polignac, Mme la duchesse de G***** accompagnait sa tante à Vincennes.

« Vous suivrez dans l'exil un favori déchu. »

Et M. le duc de G*****, si dévoué à Mgr. le Dauphin, qu'il n'a jamais quitté, devait, aux yeux de Mlle Le Normand, passer pour un favori.

« Votre bonheur renaîtra en juin 1833, lorsqu'un jeune prince rentrera en » possession d'un immense héritiage.

» Enfin, de 1833 à 1840, votre bonheur sera dans son apogée. »

Dieu vous entende, mademoiselle Le Normand, et daigne le ciel accomplir votre oracle !

(*Nouveaux Souvenirs d'Holy-Rood*, p. 100, 101, 102, 131, 132, 133, 134, 135, 136,)

(1) Génie de l'air.

loin les véritables événemens qui ne flattent pas toujours l'oreille des princes, daignez croire à mes inspirations; la sagesse est la fille des nombres; il faut à tous les humains un enfant pour jouer et un homme pour les conduire. J'ai pénétré dans les décrets immuables; vous deviez être revêtu du pouvoir suprême, duc d'Orléans! et ce qu'il m'est possible de vous dévoiler aujourd'hui :

J'ai préservé vos jours en repoussant l'orage (1).

Il m'importe de bien faire connaître le caractère de tous ceux qui vous ont entouré de suggestions, et qui ont amoncelé autour de vous ces nuages sulphureux dont toutes vos vertus n'ont pu conjurer l'enchantement. En attendant que vous puissiez les remercier d'une manière digne, je veux du moins déclarer à MM***, (qui, dans leur délire, se révoltent au titre de sujet), qu'en acceptant pour roi un Bourbon, *quoique Bourbon*, leur *César Auguste*, s'il n'eût été Bourbon, n'aurait point aujourd'hui une couronne d'épines implantée sur le front..... encore moins des ilotes :

Philippe a des flatteurs, mais Philippe une foi
Saura la vérité, et la saura par moi.

C'est avec un sentiment de regret profond que je reproduis de nouveaux conseils : un danger bien plus grand se montre à mes yeux, ce danger menace la gloire d'un grand peuple, sa sécurité, son bonheur, l'intégralité de son territoire; son importance l'emporte sur

(1) L'accent simple et austère de la vérité... est encore un secret.
(*Note de l'Auteur.*)

la crainte; il mérite toute votre attention. *Point de demi-mesures* une déclaration solennelle à la face de l'Europe, pour obtenir réparation et vengeance. Tel est le manifeste de trente-deux millions d'hommes.

Vous croyez calmer le mécontentement général par les brillans faits d'armes d'Anvers, par une guerre persévérante en Vendée, par l'état de siége dans l'Ouest, etc., c'est une erreur..... Le Français est bon soldat sous l'ombre du drapeau; la guerre civile au contraire obscurcit sa gloire et le rend dénaturé : vous appelez à votre aide vos légions (*de soi disant fidèles*), la sécurité est-elle complète au palais des rois? non, assurément, non! Le calme le plus incohérent règne jusque dans la politique de votre cabinet. Le libéralisme n'a pas guéri les peuples ni fait évanouir les espérances de la captivité. Les partisans de Henri V, les adeptes de Philadelphie, ont leurs idées saines ou fanatiques; Mme la duchesse de Berry trouve autant de défenseurs que la France compte d'admirateurs de son énergique et noble conduite. Il ne vous reste plus qu'une capitulation honorable pour enchaîner les immenses destinées de la France aux vôtres; du courage, du courage : c'est la certitude d'un vaste et glorieux avenir... fils de la vertueuse duchesse d'Orléans, sous votre impulsion suprême :

Proclamez la régence et sauvez la régente.

LOUIS-PHILIPPE.

Eh bien! elle vivra, je cède à l'amitié;
Mais que je crains pour moi cette molle pitié,
Si j'en appelle au peuple, auteur de ma puissance.

LA SIBYLLE.

On n'en appelle point d'un acte de clémence,
D'un acte de grandeur, de magnanimité.
Et le sang n'a-t-il pas suffisamment coulé ?
Ne saurons-nous jamais qu'épouvanter, proscrire,
Et l'art de gouverner est-il l'art de détruire ?

LOUIS-PHILIPPE.

O Dieux ! ô justes dieux ! que dira l'Angleterre ?...
. . . .

LA SIBYLLE.

Ce qu'elle dira ? . . . .

Vaincu par ses erreurs, ou fort par sa prudence,
Eh qui peut mieux que lui régénérer la France ?

Philippe, encore un mot :

Ils ont proscrit le père, ils proscriront le fils,
Je donne aux révoltés cet important avis...
Et leur dis sans détour : l'étranger est ton maître,
. . . .
Sur les remparts de Blaye on le verra paraître...

LOUIS-PHILIPPE.

Mais j'ai trop d'ennemis pour que j'en laisse vivre,
Alors que dans mes fers la victoire les livre.
Ouvrez les yeux, Sibylle, et voyez mes dangers.
Je ne vous parle pas de ces rois étrangers
Dont la Gaule s'indigne (1).

LA SIBYLLE.

D'où vient que je frissonne, et quel trouble soudain
D'une secrète horreur fait palpiter mon sein ?
Un noir pressentiment. . . . .

LOUIS-PHILIPPE.

Que m'importe mon sort ! soulève l'avenir.....

---

(1) Clovis.

LA SIBYLLE.

Il suffit : *l'élu du très-haut doit venir*. . . . . ***

LOUIS-PHILIPPE.

Qu'entends-je ! . . . .

LA SIBYLLE.

La vérité ? . . . .

Prêtez l'oreille! entendez-vous? Si Madame périssait! quelle tache, je ne dirai pas pour sa famille, mais pour la France!

L'intérêt de l'état me rappelle et me presse :
Daignes-tu m'écouter ? . . . .

PHILIPPE.

Mais que prétendez-vous ? . . . .

LA SIBYLLE.

Tu sais. . . . .
. . . . il est est de mon devoir
D'éclairer la grandeur que j'avais su prévoir (1).

PHILIPPE.

Faut-il céder mon sceptre afin de t'apaiser ?

LA SIBYLLE.

Fidélité sublime !

PHILIPPE.

. . . . L'armée est à mes pieds. . . . .

LA SIBYLLE.

Et le bal de Gustave ? . . . .

PHILIPPE.

Que dites-vous, Sibylle ?

---

(1) Historique.

LA SIBYLLE.

Je veille sur ta vie. . . . . mais j'exige. . . . .

PHILIPPE.

Éloigne-toi de moi.

LA SIBYLLE.

Je te garde. . . . . et c'est pour te défendre !
A changer tes desseins j'ai le droit de prétendre !
Les dieux l'ordonnent. . . . .

PHILIPPE.

Tu me dictes des lois, et penses me convaincre. . . . .
Nul ne m'a pénétré. . . . . tu l'entends ? . . . . .

LA SIBYLLE.

Oui j'entends ! . . . . Garde-toi de me désabuser.

PHILIPPE.

Ce n'est qu'au tribunal que vous pourrez parler.

LA SIBYLLE.

J'oserai davantage. . . . .
Tu me connais bien peu. . . . .

PHILIPPE.

Mais ne craignez-vous pas ?

LA SIBYLLE.

J'ai rempli mon devoir. . . . .

PHILIPPE.

Insensée ! . . . . .
Ai-je assez supporté ton audace indiscrète ?

LA SIBYLLE.

Philippe ! je te brave. . . . .
Viens sauver à-la-fois ton culte et ton pays,
O mon fils ! sans cela compte tes ennemis.

PHILIPPE.

. . . Qu'avez-vous dit ? et quelle affreuse image!

LA SIBYLLE.

Pour le présent j'écarte ce présage !
Mais je veux. . . . . B. (1) C. (2) H. (3) L. (4) Sinon :
Je vois Néarque (5). . . . .
Le fleuve Pallacope. . . . .
Toi-même à Babylonne, etc., etc.

PHILIPPE.

Quoi qu'il arrive, puis-je compter sur toi ?

LA SIBYLLE.

Il te reste un espoir ! . . . .
J'ai promis à ton auguste mère ! . . . . . .
Ma parole est sacrée. . . . .
. . . .

Un bruit épouvantable semblable à celui de l'orage, me tira de l'espèce d'égarement dans lequel j'étais restée plongée quatre-vingt-dix-neuf heures : je fus transportée, confondue par le réveil qui vint m'arracher de l'état de somnambulisme qui occupait mon imagination. Je chassai le mauvais *Mascarum* (6), qui m'avait fait voir en songe la guerre civile *ains* étrangère prête à nous dévorer. Je recommandai ma belle patrie au puissant Joraël, et le suppliai d'écarter des conseils ministériels les suppots de Butales (7), surtout ceux qui voudraient empêcher une somnambule de rêver librement, et ce, en attendant l'âge d'or pro-

(1) Bourbon.
(2) Caroline.
(3) Henri.
(4) Louise.
(5) *Souv. Proph.*, page 368.
(6) Génie de dévastation.
(7) Génie du calcul.

mis par la majesté du soleil de juillet, non le partage agraire suivant la doctrine de Saint-Simon : l'Olympe m'a imposé un ordre impératif de faire connaître d'orient en occident (1) jusqu'aux plus petites circonstances de mes révélations. Celle en faveur de Mme la duchesse de Berry et de son fils m'est dictée par les dieux :

Pour défendre ses rois, jamais pour les trahir,
Français, unissons-nous. . . . .

Perroquet, perroquet mignon, craindrais-tu le Persil? Non, mille fois non! Je reste et suis fidèle :

C'est lui..... je reconnais ces palmes immortelles;
Il montre l'avenir à mes yeux éblouis...
France, encore un laurier. . . . .
. . . .
Et sur l'esprit d'un peuple et généreux et bon,
La première puissance est celle du pardon (2).

C'en est assez, *mons* perroquet, va, retourne aux carrières..... Tu ne sais pas flatter.....

On dira de Mlle Le Normand :

Acquirit eundo vires (3).

Fais ce que dois, advienne que pourra.

---

(1) En apprenant au palais des Tuileries la trahison de Deutz envers Mme la duchesse de Berry, on remarqua que les yeux de Mme Adélaïde se baignèrent de larmes. La reine fut attendrie, même affligée. Le roi des Français parut ému; il scrutait curieusement le regard des heureux du pouvoir. *L'opinion ne fut point uniforme*..... « Que dira la France? que dira l'étranger? » tel furent le cri et le murmure des courtisans; celui des amis de la famille d'Orleans prévoit des dangers. En fait, la royale prisonnière se grandit à Blaye, elle gagne du terrain, *guerre à la calomnie* : et c'est en dire assez.

Laissons là les partis : ne voyons que la France.
(*Charles de Navarre*.)

(2) *Jeanne d'Arc*.

(3) Elle acquiert des forces en marchant.

. . . .

. . . .

. . . .

Et Noel Olivarius (Dieu-Donné), dans les huitième, neuvième, dixième feuillets de ses Révélations, s'exprime ainsi :

HUITIEME FEUILLET.

Vers l'an du Seigneur 1833, voire après, les peuples des Amériques se diviseront entre eux ; le Nord voudra commander au Midi. Ilec prince les mettra en accord ; les divers gouvernemens n'en feront qu'un, *libertas* sera enchaînée : un chacun reprendra plus qu'il n'aura perdu. Ains monarchie succédera au cacique. Ilec, Anglo-Saxons pourront y dominer.

En Europe on guerroyera dans plusieurs estats. L'Anglais naviguera ès costes de France ; la Bretagne sera en détresse ; Boulogne et Calais feront des signaux ; attaque de nuit ! le beffroi réveillera iceux traîtres, iceux vrais Français. Le *léopard* ne saurait sommeiller. Ains se diviseront les trois royaumes ; la rose rouge, la rose blanche orneront les bonnets. *Fils naturel de roi voudra régner*. L'Irlande sera appauvrie par révolte ; les Rouges ilec montagnards, portant jacquette bigarrée, se répandront ès comtés, s'en viendront visiter la *Caverne de Saint-Patrice*, moult *craindront son purgatoire*. Le clergé catholique de Dublin fera acte de foi. Les nonnettes quitteront leur asile, ains rentreront par après ès lieux saints. Dans ce tems une alliance proposée entre un Gaulois, ilec damoiselle du sang des rois anglo-saxons, appelée par loix et coutumes *à soutenir la couronne d'Edouard*, échouera. Un grave prélat, *quasi pape séculier*, renommé parmi les Francs pour traiter de science oculte et certaine..... présidera les affaires des princes, chommera une assemblée de pairs et ambassadeurs de hautes puissances ; les négociateurs s'entre visiteront, s'assembleront en congrès, etc., etc. Un des leurs, capitaine renommé, *s'endviendra commander les armées de trinité européenne*. La grande cité ès Gaules se soulèvera *sept fois*, et provinces l'imiteront. Alors il n'y aura ni roi ni régent de France, ains un allié du sang de la Cappe, gouvernant de par le peuple. La sainte église romaine sera divisée par le schisme. Les réformateurs crieront haro sur les noirs, chasseront les Latins, ilec siégeront dans leurs temples ; moult se diront : « L'église est mère, donc elle aura lignée. » Des sectes diverses se propageront ; des faux apôtres prêcheront nouvelles maximes ; ilec pour s'entre reconnaître, leur père sera recouvert d'un chaperon rouge vif et besace sur le dos. Les chefs visibles seront appréhendés au corps par gens-d'armes, conduits ès prisons de la grande cité, pour, par-après, estre délivrés par sectaires ligués, protégés invisiblement par le grand maistre templier, *au nom de Libertas.* Un nouvel Ambroise fera éclater son zèle dans la métropole de Notre-Dame Parisis. Ilec fera dures remontrances au pouvoir séculier : il défendra les droits de son église, que les schismatiques voudraient lui contester. Les Maillotins s'assembleront dans divers quartiers pour prêcher la révolte ; l'allié du vieux sang de la Cappe tremblera dans son Louvre, tant la fureur des méchans sera grande, tant les malencontreux auront de pouvoir au sein de leurs repaires. On courrera sus ; ains se rallieront de nouveau, *voire par serment de sang.* Cependant la majorité de la Gaule et provinces gardera sa foi sans recourir à Rome.

Plusieurs états européens tenteront de se gouverner par leurs élus, et pourchasseront leurs ducs et princes. Gentil roi du lys aura été renversé de son trône en l'an 1830. Le sien parent appelé à gouverner aura tribulations et trinité à fourvoyer ; l'éveil ès général ! Alors j'ai vu en révélation le Nouveau-Monde passer tour-à-tour sous la domination du plus fort et plus adroit ; j'ai vu sept capitaines usurpant le pouvoir des chefs ; j'ai vu que l'Afrique augmentera en savoir et en relations de commerce ; l'Asie nourrira ès peuplades, stimulée par les fils de Jacob, voulant trestous rélever le temple d'Israël. J'ai vu le Bas-Empire convoité par l'Égyptien séditieux, ilec bataillera, menaçant d'occuper Byzance. Le Moscovite fera trois parts d'armées, ains s'entendra avec le Scandinave. Ilec feindra de vouloir resplanter la croix, tandis que les siens, trestous unis à petits confédérés, feront avancer ilec par chemins sinueux vers le gentil royaume de France, trois fois cent mille piétons, cinq fois vingt mille cavaliers, et sans compter lanciers et coureurs de toute arme, ilec se reporteront au-devant du renard, voire avec dextre main tenteront de prendre le vieux coq. Dans l'année d'erreur 1833, on flétrira le dévouement héroïque d'une grande dame captive. Ilec semblerait qu'elle serait reine ; que le royaume où elle serait prisonnière appartiendrait à un sien fils, menacé de noires trahisons, d'enlèvement, d'armes occultes. La crainte excitée par trahison salariée serait telle, que même au manoir des grands on ne pourrait l'envisager sans effroi. *L'avenir est là.* Un roi guerrier contraint de fuir par révolte des peuples insoumis, laissera ès citadelle gardée, ains tomberont ses villes au pouvoir des malins, oncque les Gaulois se feront remarquer. Ce roi, dont l'anagramme est G. N., tiendra en échec plusieurs armées ; ains triomphera à la fin des Ruzès. Ses alliés le maintiendront au milieu de ses digues. Les trois lettres F. M. N. seront en aide à noble dame, mère de trois biaux fils isus du sang moscovite (1). Un duc de Brandebourg envera gens à corcelets

(1) La princesse d'Orange. Voir les *Souvenirs de la Belgique, ou le Procès Mémorable*. Paris, 1822.

d'acier, es morions es cuissards, armés d'espingoles, au nombre de sept fois vingt mille piétons, ains cinq fois vingt mille cavaliers verts, pour soutenir le droit. La mortalité règnera ès pays voisins; les corbeaux croasseront sur les tombeaux; la terre sera volcanisée; l'Ausonie, la campagne de Rome, ravagée; la ville sainte assiégée par écorcheurs rebelles. Le Napolitain criera merci à saint Janvier. Palerme souffrira, se soulèvera; à la fin, le preux Germain fera cause commune avec iceux gens de bien; ains suppléera à l'impuissance des moyens correctifs pour atteindre le but. Des croisades nombreuses courront les campagnes, escaladeront les forts, et feront tomber les portes des villes sous la sappe. Deux frères de la *Lusitanie* se déchireront à savoir lequel d'entre eux aura la plus value. Une feinte paix aura lieu pendant ces esbats; l'Europe semblera se calmer, ains, à l'effet de guerroyer par-après. Ilec s'avanceront gens de guerre par quatre chemins sinueux. Le Brabant sera envahi, et sainte Gudule changée en leprosie. Le Rhin franchi; lors grande bataille adviendra: l'Anglais guidera ses rouges, que soutiendra capitaine irlandais. Ilec la lettre C, la lettre W pourront être d'accord sur les faits principaux.

NEUVIÈME FEUILLET.

Les Celtes-Gaulois auront en 1833 un singulier réveil. Si jeunesse studieuse voulait réclamer un prétendant ilec chez Germains, bonheur semblerait advenir. Oncque, Saint-Barthélemy projetée. C s'y oppose: on rançonnera, on pillera, on combattra dans les bourgades et hamiaux, ains couperont biaux chênes pour aviser à barrer les chemins; s'endviendront vivre à discrétion chez maints seigneurs à tourelles, ains des plus hupés. Les dames et damoiselles habiteront les huttes, pour se soustraire aux malfaits, voire regards impurs. Malheur à icelui qui, vers l'an 1833, 1834, ilec 1835, aura fille ou femme à garder. Malheur à icelui *coiffé du chaperon mi-partie*, qui serait assez Maillotin pour faire un serment que désavouerait sa conscience: *vaut mieux fuir qu'être lâche*. Malheur à icelui qui viendrait assassiner et empoisonner son prince (1): le prix du sang ne saurait profiter. Malheur enfin à icelui, dépouillant, emprisonnant les sages et lettrés, voire même gens de guerre et de justice, ains s'emparant de leur butin forcément et sans droit. Le vieux et jeune Paris élèvera des remparts de briques et ciment des Romains. Les maillotins rouges commanderont les piques; les sergens d'armes garderont les remparts. Ilec tours élevées, garnies de couleuvrines, fauconnaux, canons, seront bra-

(1) Voir la Prédiction faite à Gustave III, roi de Suède, assassiné par Ankastroëm, en 1792. *Souv. Prophét.*, pag. 49, etc.

qués sur le palais des rois ; les gardes de la bourgeoisie ne cesseront de veiller aux portes du Louvre, d'en défendre l'entrée, ains casemates. Lors retentira le murmure ès faubourgs Parisis; Cabochiens, Maillotins, Pastouraux, s'endviendront au Pré-aux-Clercs, ilec abbaye de Saint-Germain-des-Prés, prendre langue, assiéger son antique église, et s'en faire un chauffoir. La Gaule celtique sera consternée, tant on semblerait craindre trinité population européenne envahissant la grande cité. Les notables bourgeois de Lutèce crieront merci au jardin des Tuileries, et demanderont leur biau sire exilé. Le palais des Thermes et quartier de la Jacquerie seront au pouvoir des albastriers portant cotte. *Marcel*, dit *Marcel* C, s'emparera des vases sacrés et ornemens pontificaux... La châsse de sainte Geneviève, œuvre d'Eloi, sera au pouvoir des mécréans, soi-disant du rite catholique. Saint-Étienne-du-Mont, ouverte après le couvre-feu, ilec Cordelières, transformées ès maisons de refuge. Hors de la Cité, sur le bord de la Seine, du côté de Saint-Germain-l'Auxerrois quasi démoli, grande foule armée s'endviendra rechercher les coffres-forts de l'allié du vieux sang de la Cappe. L'élu du peuple parlera au peuple ; ains menaces lui seront adressées. On dira à icelui : « Nous sommes les maistres, ains ne voulons plus de maistres ; retournez à Palerme. » Un vieillard inspiré de Dieu haranguera les mutins, ains leur parlera avec tant de force, voire éloquence, leur annonçant les vérités toutes pures, sans déguisemens, qu'il les fera trembler. De plus, pour la sûreté de Lutèce, les gens d'armes feront force lois, ains jugeront sans pitié, employant remèdes violens, voire même mitraille, pour réprimer les séditieux qui s'endviendraient leur offrir le chaperon. Lors les vrais amis du royaume conseilleraient à icelui allié du vieux sang de la Cappe, de rappeler le roi du lys et arrêter les jongleries des cruels Maillotins, affreux tyrans, déloyaux sujets, le tenant renfermé ès fortifications murées. Le chef de la rebellion emprisonnera force gens de bien et lettrés, chassant les autres, retenant leurs pourpoints. Oncque se croira victorieux, oncque se croira infaillible. La tribune aux harangues retentira des plus odieux blasphèmes ; le rouge apparaîtra sous sa sanglante livrée. Plusieurs gens, coureurs de nuit, portant bâtons, maillets de plomp, torches incendiaires, courant les rues comme des tigres affamés, frapperont sans distinction de rangs, de sectes et d'âges. Malheur à icelui qui oserait punir les routiers ou soldats débandés. Ilec seront les chefs ; les sergens d'armes menacés d'être occis, se desbattront avec longues épées : le sang sera versé. Lors, le ravage adviendra au portail de Saint-Lazare ; la sainte chapelle de Saint-Louis, au Palais, recélera riches dépouilles. Maillotins auront trestous les profits de la regale. Les vignerons de Surène, de Nanterre, Saint-Germain et Poissy, etc., etc., accourront donner main-forte aux cavaliers du guet. On entrestiendra au compte des notables bourgeois lampes de nuit. Les lanternes des édifices seront allumées ès signaux. Le peuple, plus irrité qu'épouvanté, s'assemblera aux carrefours et temples du Très-Haut, ilec seront changés alors en ébergement de troupeaux. On fera courir un écrit qui contiendra le secret d'une association pour chasser les députés des états; oncque ils seront assiégés dans leur sanctuaire séculier. Les meneurs ligueurs parleront alors comme gens capables. Les plus exaltés augmenteront le mal, visitant de vive force souterrains, catacombes, où les courtisans de chaque règne auront trouvé refuge. Vers Long-Champ sera déconfiture, ilec à la tour Saint-Jacques-la-Boucherie, Caboche et les siens feront loi; les quartiers Lombard, Saint-Denis et Saint-Martin, élèveront des barricades; sur le pont au Change apparaîtront coureurs qui crieront: « Voilà l'ennemi en plaine! » Les écoliers porteront hausse-col. Personne ne sortira des portes que les fils du roi des Francs. Il ne restera d'issue que pour les gardes de ville. La Seine sera privée de porter charge. Deux ponts de Lutèce seront au pouvoir des factieux. Tout tremblera: les uns seront solidaires pour les autres; nul ne pourra créneler sa maison que le commandant d'armes n'y consente; icelui aura pain cuit au four pour lui et pour les siens, tandis que les bourgeois seront contraints d'en appeler au Sire. Si faire: monnoye de siége aura cours. Les dames et damoiselles de haut lieu soigneront les malades, pansant les plaies des pauvres villageois s'envenant vers Lutèce avec leurs bagages et troupeaux. La vache tarira, les vivres tierceront; un temps Lutèce sera aux abois; un chacun craindra son voisin. Trois camps seront ouverts: l'un en faveur de l'allié du vieux sang de la Cappe, l'autre du roi du lys; le plus nombreux es plus à craindre sera icelui des rouges. Aussi la rigueur de l'examen subi par iceux qui tenteraient d'escalader les murailles serait telle, que, suivant les ordonnances, on jugera sans désemparer trestous qui se rendraient coupables d'une croisade pour s'en aller délivrer le prince captif. Oncque ferait le chef de Parisis dur exemple de justice mémorable contre iceux Gaulois et provinciaux qui oseraient tant soit peu murmurer contre lui.

DIXIÈME FEUILLET.

La maison de Dieu ne poura suffire en faveur des moribonds de tout âge, de tout sexe, qui s'endviendront ès lieux circonvoisins. Les hauteurs de Montmartre et Calvaire seront flanquées de tours, redoutes et bastions, défendus par chevaliers croisés, armés d'espingoles et baudriers en croix, veillant derrière crénaux. Feu grégeois brillera aux remparts de Lutèce, etc., etc. Les Gaulois travailleront avec dextre main pour enfouir leurs trésors. Lors, les gens de Picardie, Bourguignons, Champenois et Lorrains, se soulèveront, etc., etc., s'endviendront à l'encontre des hommes libres, et diront: « Celui qui gouverne en Gaule est au plus haut point de son échelle ! » La cité de Bordeaux se distinguera entre trestous. Dans ce tems calamiteux une dame captive (1) sera crue où elle n'est point. Malheur à icelui qui dirait en 1833 : Elle porte fruit clandestin ; le scandale est patent. Malheur à icelui qui dirait : Les cris de l'enfantement ont retenti sous les voûtes d'un vieux fort, où icelle prisonnière d'un sien allié estait renfermée sous les crépines d'un château. Oncque *ce ne serait que mensonges, voire mesme insigne calomnie, à l'effet de tyranniser en plus, la pauvre femelette innocente au déduit, ains pouvoir la contraindre à renier son Loys.* Le dieu d'Abraham, d'Isaac et Jacob la protégera es sur terre es sur mer ; moult sera sauvée par clémence, ilec par peur, et reparaistra par après comme par miracle au biau pays du lys. Des cinq rejetons du vieux sang de la Cappe, l'un d'eux s'endviendra pourchasser la noble dame. Ains le biau servant de *Marie-Stuard* sera moult déçu ; et si faire croyait Noël Olivarius, le gentil blond se signalerait comme sien allié fidèle ; on le festoyeraît dans Lutèce es provinces, ilec itou chez l'étranger. Filles d'Allemagne seront tristes et pleureuses (2) ; et villes et châtiaux abaisseront pont-levis, tendront chaînes ès rues, à cette fin de protéger une héroïne atteinte par trait caché. On démolirait de grandes et belles maisons, soit au dehors, soit au dedans, ains on n'épargnera rien pour la sûreté publique. Dans ce mouvement populaire et général, l'allié du vieux sang de la Cappe, gentil roi, ferait merveille de vouloir s'enquérir d'un Joseph pour expliquer des songes, à l'effet de prévenir famine (3), ilec mal ardent, morbus, peste, etc., par une méchanceté des Maillotins irrités contre icelui. Ains s'en ira vers Saint-Denis, et se reposera aux stations de Philippe-le-Hardi. D'après, bataillera ès rues, ès cul-de-sac, ès places, voir mesme temples barricadés. Malgré son grand courage ne pourrait-il à la fin succomber sous les noires trahisons d'iceux qui voudront en remontrer aux maistres (4). Les collecteurs taxeront impitoyablement le pauvre vilain. Si les seigneurs possesseurs de tourelles se voulaient trestous s'amoindrir pour soulager les gueux, ilec feraient sagement ; si-non on leur fera rendre compte au profit du fisc, et regorger plus qu'ils n'auraient reçu, es dépouilles, es emprunts, pour se rire des hupés *et dupés.* Les habitans du pays latin, fatigués des rodomontades des lettrés, soudoyés par iceux planteurs du cèdre royal, portant branches à longs ramiaux, se diront un

---

(1) Cette singulière révélation semblerait se rattacher à Mme la duchesse de Berry.

(2) *L'Ange Protecteur de la France au Tombeau de Louis XVIII.* 1824.

(3) Voir l'*Ombre de Henri IV au Palais d'Orléans.* Janvier 1831. *Le Petit Homme Rouge au Palais des Tuileries.* Juillet 1831.

(4) *Apparition de feue Mme. la duchesse d'ouairière d'Orléans à son fils Louis-Philippe I, roi des Français.* 21 janvier 1832.

bieau jour issue des vespres : « O venez trestous ! écoliers, clercs de la ba-
» soche, gens du roi du lys, ilec jeunesse guerrière, Jeanne d'Arc est *calomniée*
» par les têtes chauves, et barbus *mie-partie*, oyons la supplier de s'en venir
» au Champ-du-Mai, où trestous la garderont d'outrages..... » L'arbre de Jupiter croistra devant icelle; es francs bourgeois es tenanciers armés de hallabardes, femmes, enfans, trestous portant ramiaux, s'endviendront saluer ilec royne Blanche montée sur son palefroi; ilec dame fera merveille et triomphera, entourée de ses braves, et imposera loi à trinité population européenne se vantant ilec de se partager gentil pays de France. Lors s'assemblera dans la grande cité gauloise moult députés des trois estats, non-seulement de vingt ou trente villes, ains de tout le royaume, à cette fin de traiter devant les barbus des affaires publiques. Trestous frondeurs, divisés en sectes schismatiques, murmureront au temple de Baal, icelui allié du vieux sang de la Cappe verra briser le socle soutenant son pavois. Ilec estat de siége grandes cités, visites nocturnes; iceux portant chaperons rouges, ilec mi-partie, imposeront leurs lois. Tous iceux revêtus de tuniques, armés de lames tranchantes, chercheront à pourfendre leurs frères et amis, ains iceux qui ne porteraient marque. Ces semi-guerriers, hostiles à l'autorité séculière, desviendront dangereux aux calottes de Rome. Si faire l'allié du vieux sang de la Cappe se voulait dire comme le roi Salomon : *tout estait vanité*, tout adviendrait en ordre. Tout semblera estre en contradiction pour icelui; ce qui signifie qu'il ne saurait quel croire. Par-après, la dame du lys aurait tout crédit sur l'esprit du peuple; et pour le garder de rencheoir, icelle persuaderait aux plus sages de rappeler le jeune guerrier armé d'une lance *charmée* (1), exilé de sienne patrie es aulienne domination, promettant aux plus opiniâtres d'entre iceux plénière grâce et pardon généreux. Elle es siens porteront le sceau de la vraie royauté; elle icelle royne le monstrera sur son vertugadin, es libérateurs sur escharpe brodée par dames et damoiselles formant cour plénière aux Sablons. La marque distinctive d'icelle grande héroïne, sera gravée sur pierre d'Orient. [Ilec dans ce tems les Sarrasins commenceront à craindre de se voir pourchasser de l'empire de Constantin (2)] Cavaliers, restres, lanciers, voire mesme milice armée en guerre, porteront des insignes au bras gauche, es aigrette à leurs bonnets fourrés couvre-chefs. Ilec un ordre de chevaliers serait institué pour honorer des vrais Gaulois, et d'autres qui prendraient langue, voire mesme porté sur le cœur des femmes... Exergue : *M. C. fidélité, patrie.* Lors, après

(1) Voir la fameuse Prédiction de Noël Olivarius (Dieu-Donné.) *Mémoires de l'Impératrice Joséphine*, etc.

(2) Voir les *Prédictions sur la Turquie et les Sept Gravures Emblématiques ; Congrès d'Aix-la-Chapelle*, etc. Paris, 1819.

que les alliés du vieux sang de la Cappe auront cessé de guerroyer entre iceux, ilec sera *convention tenue fort secrète*, un biau matin paix sera proclamée par hérants d'armes, au son de trompes, ès carrefours de Lutèce. Vieux barbus s'endviendront féliciter jeunes braves, défenseurs courtois de la noble dame du lys; les félons n'oseront siéger dans les rangs des preux, ains recevront quenouilles. Franchises et libertés seront accordées, charte du royaume révisée, octroyée pour le bien de trestous; prisonniers libres, peine de gibet, et fer coupant teste, abolis pour crime d'estat, sauf *régicide*, etc. Gens du roi sommeilleront sur les lys, et se laisseront festoyer à l'aise par pauvres reclus sortis des cachots d'un couvent de nonnettes (1) oncque l'abondance renaistra, notables drapiers, orfèvres, merciers, changeurs, seront ébahis de leurs gros bénéfices. Iceux qui percevront les revenus du seigneur roi ne commettront aucune malversation. La royne rentrée dans ses domaines achèvera de gangner les cœurs par ses harangues et grande douceur. Icelle parlera au Forum, icelle se reverdoyera avec *sainte* famille exilée, ilec défendra l'allié du vieux sang de la Cappe. Car tous iceux favoris, iceux écuyers servants l'auront délaissée *au jour de la douleur*. Ilec, maudira tous iceux ingrats, tous iceux qui crieront haro sur le Job gaulois. La dame du Lys s'attendrira avec icelui, voire mesme avec sa dame, mère de huit enfans dont cinq mâles. Ilec dira : « Si vous avez versé larmes sur le sort de la délaisssée (2), » mon fils, devenu roi, imitera la conduite de Loys XII. Ains vivons en » paix, sœur de mon mien père, réunissons tous les partis, feux de joie, » ilec Paris, ilec provinces, es alliance enstre tous. Une royne de France doit » oublier les injures faites à une régente prisonnière. Ains le vieux fort de» viendra historique. » Chacun alors portera sa bannière : cheminant vers la grande ville, le Lyonnais remarquable par l'écusson du prince, le Bordelais aura le menu-vair, les peuplades du midi blanches bannières, les Normands, voire mesme Alençonnais gens de cœur, porteront armes où sera gravé le vaissseau de leurs ducs. Les fidèles Bretons, Manceaux, Angevins, recouverts de jacquettes au lys, ilec bracelets d'or comme du tems de Rollon; seront tretous émerveillés de la courageuse ardeur belliqueuse d'une femme inspirée. Alors il serait déclaré que le plus sage et le plus discret deviendrait le tuteur du jeune Lys, avec icelle dame vrai royne, *adoptant les couleurs de son écu*. Ainsi le prince captif aurait loisir pour s'enquérir à l'aise des hauts faits des paladins français, et se fortifierait en science et sagesse, voire crainte de Dieu; car par après semblerait contracter une illustre et merveilleuse alliance, se garderait des loups es léopards, car le

(1) La prison de Sainte-Pélagie.

(2) *Moniteur* du 26 février, sur une (*incroyable*) révélation.

grand aigle feroist pacte avec lui, es empescheroit la division des familles, fraude et corruption, es le morcellement du biau royaume de France entre trestous envieux Européens.

Les lévites entonneront des cantique à la louange du Seigneur Dieu d'Israël; tous iceux fugitifs rentreroient ilec aulienne habitation. Le sien allié du vieux sang ne se pourraist-il à la fin immortaliser par noble et généreuse action, ains fermer la bouche à tous iceux qui oseraient lui dire :

Caïn, qu'as-tu fait de ton frère?

Si faire les factions des Armagnacs et des Bourguignons esconduisaient roi du Lys et dame captive par force une autre fois; ains trahisons; voire périls! environneraient le sien allié du vieux sang de la Cappe, il ne sauroit plus résister lui et les siens! A tous iceux l'appelant au combat, si bien qu'il tenterait de restourner par mer dans un monde nouveau pour y régner à l'aise, *moult auroist mal.* Oncque s'ensuivrait pour tous douloureux et cuisant regrets, car de l'année 1833 à icelle 1835, si on ne pouvoit oppérer des merveilles de reconciliation enstre tous Gaulois, plus tardivement le royaume de France semblerait menacé d'une subversion totale. Celui qui le gouverneroit alors *seroit le tard venu*, ilec de 1836 à 1839, la licentia auroit ces idoles et temples. Ains pourroit être en esmoi le biau sire, force serait à icelui de lutter contre vieillard malencontreux, conduit lui es fils en lieu bien gardé. L'Orient esbranlé par l'Occident serait maître à la fin; les armées chrétiennes auroient fait de notables conquêtes sur les Sarrazins, ains s'endviendroient par après visiter la sainte Baume, le capitaine noir sorti de Marseille, vrai soutien des Mahométans, en oustre commandant Pastournaux Escorcheurs, gens à maillet ilec Gueux, feroient choses horribles et sacriléges, tretous gros bonnets, portant huppes et dalmatiques, pauvres reclus mangeraient chier aux jours d'abstinence, festoyeraient bouffons comme *saint Geniez* (1), ou sinon le sang des récalcitrans coulerait par les mains d'un Cappuce. A la fin courageuse jeunesse, ilec des écoles Parisis, trestous des provinces, chassant les barbus vieux pêcheurs, qui les auront abusés, sauveront des mains des infidèles pauvre France rançonnée et pillée... adviendra fin des maux ains Dieu sauveur avant tout, l'an de grâce 1840, *un lustre* après. Troisième époque de l'âge du monde. La paix et l'abondance doivent advenir, et l'Europe sera préservée d'un grand naufrage. Roi du lys apparaistra en toute sa gloire, et ne sauroit guerroyer qu'à l'effet d'agrandir ces estats. Ses vaisseaux vogueront sur les mers, ilec seront respectés, mesme au pied de la tour baignée par la Tamise, l'exil ayant donné notable expérience, au Loys, on s'entresdira : allégresse

(1) Le bienheureux saint Geniez était un funambule.

pour tous. Les Français de la Gaule Celtique, tous iceux des provinces seront accueillis par voisins au-delà de leurs natales frontières. En attendant la venue *de l'élu du ciel* et la réalité des prévisions de Noël Olivarius (*Dieu-Donné*), moi pauvre Auteur féminin de ce tant tout petit livret, je fais des voeux pour que les cadets se réconcilient avec leurs aînés, pour que les Carlistes et les Républicains se donnent la main et le baiser de paix, etc.; s'il en est ainsi, *je leur prédis à tous joie et paix éternelle* : O France! ô ma patrie! je voudrais te soustraire à la domination étrangère dont tu es menacée, *malgré l'état heureux et prospère dont tu jouis en* 1833 (voir même l'élévation de ton crédit, etc.). Je fais des vœux pour moi, *ce qui m'est bien permis*, car je crains fort d'être appelée à comparoir devant MM. les jurés, à cette fin de répondre comme éditeur du vieux prophète du XVe siècle, sur maintes curieuses et trop véridiques révélations, notamment sur icelles qui ont trait à la captivité illégale de noble dame retenue sous les créneaux d'un vieux fort etc. Donc il pourrait s'ensuivre pour auteur féminin tout petit procès tant soit peu scandaleux, tout petit jugement tant soit peu rigoureux, captivité, etc., moult me dirais-je toute ébahie d'un si grand bruit, d'un si grand fracas, etc. C'est honorable pour mon sexe d'avoir osé élever la voix en faveur d'une *mère de douleur*. Les femmes méritent le brevet de la fidélité : il en est peu qui, à mon exemple, ne s'attendrissent sur les infortunes de Mme la duchesse de Berry. Aussi, malheur aux cœurs ingrats..... Et j'ajoute en terminant ce mien ouvrage (1) :

L'écrivain courageux qui poursuit la puissance,
Affronte ses fureurs, quand il sauve la France.

---

(1) Si je dévoilais tous les mystères, il pourrait en résulter des conséquences terribles. On ne peut marcher sans aide et agir sans conseil..... Mes raisonnemens sont le produit d'une raison éclairée et de vues saines d'intérêt public; respect à l'ordre, obéissance aux lois :

J'ai voulu voir, j'ai vu.
(*Athalie*.)

FIN.

TABLE

DES MATIÈRES

CONTENUES DANS CETTE BROCHURE.

Pages.

NOTES.

Révélations de Noël Olivarius (Dieu-Donné).

www.ingramcontent.com/pod-product-compliance
Ingram Content Group UK Ltd.
Pitfield, Milton Keynes, MK11 3LW, UK
UKHW012225240726
13966UKWH00003B/960

9 782011 793805